A história por trás de cada Beijo

Natalie Gerhardt

A história por trás de cada Beijo

1ª edição

Rio de Janeiro-RJ / São Paulo-SP, 2025

VERUS EDITORA

ISBN: 978-65-5924-404-1

Verus Editora Ltda.
Rua Argentina, 171, São Cristóvão, Rio de Janeiro/RJ, 20921-380
www.veruseditora.com.br

CIP-BRASIL. CATALOGAÇÃO NA PUBLICAÇÃO
SINDICATO NACIONAL DOS EDITORES DE LIVROS, RJ

G318h

Gerhardt, Natalie
A história por trás de cada beijo / Natalie Gerhardt. – 1. ed. – Rio de Janeiro: Verus, 2025.

ISBN 978-65-5924-404-1

1. Romance brasileiro. I. Título.

25-99530.0 CDD: B869.3
CDU: 82-93(81)

Gabriela Faray Ferreira Lopes – Bibliotecária – CRB-7/6643

Revisado segundo o Acordo Ortográfico da Língua Portuguesa de 1990.

Para Leo, que me mostrou que voltar a amar é sempre possível.

Capítulo 1

Clarissa mal conseguia conter a empolgação enquanto arrumava a mesa. Olhou para a garrafa de champanhe no balde de gelo e para as taças aguardando o brinde. Aquela seria uma noite da qual eles se lembrariam para sempre.

Esfuziante, ela cantarolava ao dar os últimos retoques na arrumação. Deu um passo para trás, apertou os olhos e notou que o castiçal estava ligeiramente fora do centro. Com um empurrãozinho para a esquerda, ajustou a posição e sorriu. Queria tudo perfeito para comemorar a grande virada em sua carreira: tinha sido efetivada na *Eclética*, a revista que tanto amava. Não teria exatamente o cargo que queria, mas já era um começo.

O timer tocou. Ela tirou a lasanha borbulhante do forno e a levou para a mesa. Começou a andar de um lado para o outro, agitada demais para ficar parada. Olhou no relógio pela décima vez e resolveu que precisava de uma música para alegrar o ambiente. Escolheu o CD do Jon Secada e logo os primeiros acordes de "Just Another Day" começaram a tocar.

Alê chegaria a qualquer momento, e ela não via a hora de contar a novidade nos mínimos detalhes, bem do jeito que gostava de fazer. Isso às vezes o irritava, mas aquela história merecia ser contada tintim por tintim. Tinha certeza de que, quando acabasse, ele a tomaria nos braços e a rodopiaria no ar, exatamente como tinha feito quando ela passara no vestibular.

Ouviu a campainha e correu para a porta, toda feliz, pronta para começar sua noite especial. Mas o sorriso morreu nos lábios assim que olhou para o namorado.

— Que cara é essa, Alê?

— Clarissa, a gente tem que conversar. Preciso que você me deixe falar sem me interromper. Só presta atenção.

Ela arregalou os olhos e levou a mão ao peito, em um gesto dramático e um pouco debochado.

— Caraca. *Clarissa*. Fiquei preocupada agora. Faz anos que você não me chama assim. É sempre Cissa ou Ci. — O tom era leve, com a clara intenção de aliviar o clima.

Ainda estavam no hall do elevador. Ela se inclinou para um beijo, mas Alê a segurou pelos ombros.

— É importante. E eu preciso falar agora pra não perder a coragem. Já estou protelando essa conversa há muito tempo.

— Nossa, o que aconteceu? Entra logo. Eu também tenho uma novidade maravilhosa. Você não vai acreditar! — Ela uniu as mãos na frente do corpo, como se tentasse conter as palavras dentro de si.

Ele deu um passo atrás, olhou para o teto e passou a mão no cabelo. Clarissa não estava conseguindo entender o nervosismo do namorado. Será que ele precisava de dinheiro? Ou talvez tivesse finalmente pedido demissão do emprego que o deixava tão infeliz? Ah… talvez ele estivesse pensando em vir morar com ela no Rio! Claro, só podia ser isso!

Ela ficou imóvel por um momento, mas, quando ele não disse nada, o estimulou:

— Você quer me pedir alguma coisa?

Alê tomou fôlego e disparou um discurso que parecia ensaiado:

— Eu simplesmente não aguento mais. Quero viver a minha vida. Quero conhecer gente nova. Estamos juntos há um tempão e eu sei que a gente se dá muito bem, mas nos tornamos mais amigos que namorados. Não vejo futuro pra gente como casal.

Clarissa começou a piscar, tentando processar o que tinha acabado de ouvir. Ele estava terminando com ela? Sério?

— Como assim?

— É isso mesmo que você ouviu. Não dá mais pra continuar.

A confirmação pareceu tirá-la do transe, e ela percebeu que estava diante de uma daquelas situações em que precisava salvar o namorado dele mesmo.

— Não exagera, Alê. É normal a gente…

Ele levantou a mão.

— Para, Clarissa. Já está decidido. Não dificulta ainda mais as coisas pra mim.

— Dificultar as coisas *pra você*? Você chega aqui tentando terminar comigo do nada, e eu só quero entender…

— Não é do nada! Essa é a questão! — Ele estava exaltado. — Estou te dando um gelo há meses, e é impressionante como você não se toca! Eu saí sozinho, desmarquei encontros na última hora, dei bolo, fiquei sem ligar… Só que você parece viver numa bolha cor-de-rosa de felicidade em forma de coração!

— Porque eu te amo! E respeito o seu espaço. Eu sei que a gente está passando por um… é… por um distanciamento. Acho que é normal depois de tanto tempo, né? Mas terminar tudo? Não, não. Você está sendo radical demais. A gente pode superar isso juntos.

Alê se manteve sério e disse a única coisa que a faria compreender:

— Eu não te amo mais.

Foi a vez de Clarissa dar um passo atrás, como se as palavras a tivessem atingido fisicamente. Tentou pensar em algo para dizer. Qualquer coisa. Mas sua mente estava totalmente em branco. Sentiu o nariz começar a pinicar, os olhos marejarem, o queixo tremer e o rosto se contrair, até o choro transbordar em uma mistura de sons e secreções.

— Ah, não chora! Você sabe que eu não aguento te ver chorando. — Alê abandonou o tom abrupto e tentou abraçá-la.

Clarissa se desvencilhou do abraço e olhou para ele como se alguém tivesse finalmente arrancado a venda de seus olhos. Ouvir aquelas palavras a destruiu, e tudo que ela queria era ficar sozinha para entender como tinham chegado àquele ponto sem que notasse os sinais que agora pareciam óbvios: havia um bom tempo que o relacionamento deles estava agonizando.

— Acho melhor você ir embora. — O tom contido era uma clara tentativa de controlar o vulcão de emoções prestes a entrar em erupção.

— Eu queria aproveitar pra pegar os meus CDs.

Clarissa inspirou profundamente e soltou o ar devagar. Estava cada vez mais difícil controlar os sentimentos que cresciam dentro dela. Por que ele não ia embora logo e a deixava em paz?

— Sério? Você acaba de partir o meu coração e a sua preocupação é com a porcaria dos CDs? É isso mesmo?

— Você sabe que a minha coleção é importante pra mim.

Foi a gota d'água. Os CDs eram mais importantes que os sentimentos dela? Clarissa entrou no apartamento pisando duro, deixando Alê no corredor, sem saber se a seguia ou não. Ela começou a arrancar os CDs da estante e a empilhá-los de qualquer jeito nos braços. Voltou para a porta, onde Alê tentou pegá-los, desajeitado, mas ela não lhe deu tempo e simplesmente os soltou aos pés dele.

— Cuidado! Vai quebrar as caixinhas.

Mais uma facada no peito dela.

— Não era os CDs que você queria? Agora pode ir.

— Mas a gente pode continuar amigo…

— *Amigo?!* Você acha mesmo que, depois de tudo isso, a gente vai para o sofá ver novela e comer pipoca? Fala sério!

— Não, é só…

Clarissa chutou os CDs espalhados no chão, sentindo que estava chegando a um ponto sem retorno, aquele em que não conseguia se controlar e era dominada pela raiva. Segurou a porta e começou a berrar, sem se importar com os vizinhos:

— Pega a porcaria das suas coisas e some daqui! Agora! Some da minha frente!

Alê ficou perplexo. Nos cinco anos em que estiveram juntos, nunca tinha visto a namorada daquele jeito. Ela era tão perfeita, engraçada e calma, sempre capaz de fazer alguma piada e dissipar a tensão em qualquer situação. Ele sempre sabia o que ela ia dizer a seguir. Talvez por isso, Alê se abaixou e começou a catar os CDs.

— Depois eu venho buscar o resto.

Clarissa soltou um grito que mais parecia um rosnado. Estava inconformada com a insensibilidade do namorado — ou melhor, do ex-namorado. Bateu a porta com força na cara dele, se jogou no sofá, cobriu o rosto com as mãos e começou a soluçar convulsivamente. O aperto no peito era real e agonizante. Ela precisava se controlar para não fazer besteira.

Cogitou pegar a chave do carro e ir para a casa dos pais em Petrópolis, mas desistiu da ideia porque não conseguia nem pensar direito, quanto mais dirigir. Além disso, pegar a serra à noite nunca era uma boa ideia. Concluiu também que não adiantava tentar ligar para Mel, pois àquela hora a melhor amiga já devia estar em alguma boate badalada.

Levantou e começou a andar pela casa como um animal enjaulado, cheio de energia contida. No dia seguinte, iria para casa e daria a notícia à família. Não sabia bem qual seria a reação deles, mas esperava que lhe dessem o apoio de que precisava naquele momento.

Foi ao banheiro e jogou água fria no rosto várias vezes. Olhou para a imagem refletida no espelho e ficou chocada ao ver a cara inchada e a maquiagem borrada. Parecia que tinha levado um soco em cada olho.

Meu Deus, não acredito que o Alê me viu desse jeito.

A lição número um de sua mãe lhe veio à mente: *Uma mulher tem que estar sempre perfeita, não importa a circunstância.* Então ela pegou uma bola de algodão, embebeu com demaquilante e esfregou a pele com força até tirar tudo.

Pegou o rímel que estava em cima da pia e leu o rótulo em voz alta:

— *Waterproof.* À prova d'água uma ova! — Estava indignada. — Que mundo é esse em que a gente não pode confiar nem na maquiagem importada?!

Depois de jogá-lo no lixo com raiva, saiu do banheiro e bateu mais uma porta, mas isso não foi suficiente para extravasar o que estava sentindo.

Clarissa olhou para a mesa, arrumada com tanto capricho. Pensou nas horas que tinha dedicado para preparar a noite perfeita. Sentiu vontade de arremessar a lasanha na parede e atirar as taças longe, mas não estava em uma novela e sabia que teria de limpar tudo depois.

Precisava se acalmar, porque a vontade era de quebrar tudo que visse pela frente. Então olhou para a porta entreaberta do escritório, viu o computador e foi até lá com passos decididos.

Depois de arrancar as capas de plástico que protegiam o monitor, a CPU e o teclado, apertou o botão de ligar e ficou batendo o pé no chão enquanto esperava o processo lento de inicialização. Ouviu o bipe e os sons do sistema operacional ganhando vida conforme assistia ao monte de letrinhas correr pela tela, um pouco antes de a janela colorida do Windows 98 flutuar em meio ao céu azul.

Ela se sentou diante do monitor e clicou no ícone do Word. Assoou o nariz, suspirou e deixou os dedos voarem pelas teclas em um desabafo caótico e impensado.

17/11/2000

MINHA VIDA ACABOU!

Como vou conseguir encarar as pessoas?

Sério, não sei por que dizem que o pé é na bunda, quando o que dói de verdade é outra parte do corpo.

Parece que o Alê enfiou a mão no meu peito e arrancou o meu coração ainda batendo. Igual àquela cena do *Indiana Jones*, sabe? Pensando bem, aposto que quem escreveu aquilo estava sofrendo por amor. Caraca, faz todo o sentido!!!

Clarissa deu uma risadinha, mas logo um novo soluço saiu do fundo da alma e ela recomeçou a digitar, contando como tudo começou, como aquele garoto desengonçado, malvestido e com gel demais no cabelo havia conquistado o coração da patricinha petropolitana.

Eu me lembro do dia exato em que descobri que estava apaixonada. Estávamos de férias na casa de Cabo Frio e fomos dar uma volta na feira hippie. Ele sumiu de repente e eu fiquei me sentindo perdida. Até que o vi andando na minha direção com um sorrisão no rosto. Meu coração disparou. Ele me abraçou pela cintura e me entregou um pacotinho.

Era um anel de compromisso com um A e um C gravados. Uma bijuteria barata, daquelas que deixam o dedo preto, sabe? Só que valeu mais que ouro e diamantes naquele momento. Eu o abracei e sussurrei no ouvido dele uma coisa que nunca tinha dito para nenhum garoto:

"Eu te amo."

Clarissa começou a chorar de novo. Pegou um monte de lenço de papel e tentou limpar a cara melecada, mas não adiantou muito.

Eu só queria entender o que aconteceu. Como foi que o amor dele acabou? O que eu fiz de errado? Tenho a mais absoluta convicção de que somos feitos um para o outro. A gente se completa e se conhece. A gente se comunica com o olhar!

Se bem que, se isso fosse verdade, eu teria percebido que ele não me ama mais, certo? Ou será que ele me ama e isso é só uma fase?

Estou tão confusa.

De uma coisa eu tenho certeza: não consigo viver sem o amor da minha vida.

Capítulo 2

Clarissa tentou abrir os olhos, mas não conseguiu. Estava desorientada, as pálpebras pareciam coladas. Franziu a testa e tentou de novo, agora com a ajuda dos dedos. Olhou em volta, depois para baixo e percebeu que ainda estava com a roupa da noite anterior. Levantou e foi para o banheiro, pisando no tapete coberto de lenços de papel embolados. Parecia que tinha perdido litros de lágrimas e secreções. Acendeu a luz e se olhou no espelho, viu os olhos inchados, vermelhos e empapuçados. Precisava de um banho para encarar o primeiro dia sem o amor da sua vida.

Entrou embaixo do chuveiro, tentando entender como tudo podia ter dado tão errado. Tinha sido a namorada perfeita, sempre atendendo aos pedidos dele e fazendo tudo o que ele queria. Sempre linda e arrumada, se desdobrando para deixá-lo feliz. Fazia os programas de que ele gostava, via filmes de pancadaria sem pé nem cabeça, ouvia desabafos, dava força e apoio total, mesmo quando achava que ele não tinha razão. Não era isso que a mãe tinha ensinado? A ser uma boa mulher para o seu homem?

Sentou-se no boxe, desejando ardentemente ter uma banheira para curtir a fossa com o mínimo de dignidade. Mas o ladrilho frio era o que tinha no momento. Só fechou o chuveiro quando a bunda começou a doer e os dedos ficaram enrugados. Se enrolou na toalha felpuda e voltou para o quarto.

Precisava reagir. Vestiu a primeira roupa que viu no armário, fez uma mala pequena, catou a chave do carro e pegou a estrada para Petrópolis.

O trânsito estava livre e ela chegou cedo à casa dos pais. A família sempre dormia até mais tarde aos sábados. Não eram nem dez da manhã ainda, e apostava que todo mundo estava dormindo.

Assim que abriu o portão com o controle remoto, Zeus, o pastor-belga, começou a latir e a abanar o rabo, feliz com sua chegada. Ela saiu do carro, fez festa e abraçou o cachorro que tanto amava. Carregando a mala, seguiu para a porta da sala e se deparou com a mãe, com a cara amassada de sono.

— Oi, filha! Não sabia que você vinha hoje. Nem avisou.

Clarissa não conseguiu dizer nada, só começou a chorar. A mãe ficou espantada e se aproximou para abraçá-la.

— Que é isso, filha? O que aconteceu? É por causa da porcaria do estágio, que te pagava uma miséria? Você sabe que o seu lugar na Brand está garantido, pra fazer qualq…

— Nããããão…

O pai chegou bem nessa hora.

— O que foi que houve com essa menina, Maria Helena? — perguntou ele. — Foi aquela revista de merda? Já falei que ela pode vir trabalhar com a gente quando quiser!

— Acho que não é isso, Luiz. Tô tentando descobrir ainda. Ela acabou de chegar, olhou para a minha cara e danou a chorar.

— É que… É que… o Alê… o Alê…

— Ele sofreu um acidente? Está no hospital? — perguntou a mãe, nervosa, pois considerava Alê praticamente um filho.

— O Alê tá no hospital? O que tá acontecendo? — perguntou Dafne, a irmã mais velha de Clarissa, entrando na sala. — Espero que não fique com nenhuma cicatriz na cara pra não estragar as fotos do casamento.

Clarissa olhou para a família ali reunida, todos tentando adivinhar o que tinha acontecido, mas sem deixá-la explicar. A situação estava tão caótica, e ela, tão emocionalmente exausta, que começou a rir de um jeito histérico. Foi bem confuso; chorar e rir ao mesmo tempo não é uma coisa fácil de controlar nem bonita de se ver.

— Maria Helena, essa menina bebeu? — perguntou o pai. Ele se virou para Clarissa. — Filha, você bebeu? Veio direto da noitada? Você bateu o carro e o Alê se machucou, é isso? O que está acontecendo? Fala para o papai poder resolver tudo… Não precisa se preocupar…

Clarissa se esforçou para se controlar. Precisava colocar para fora tudo o que tinha acontecido, só que era mais difícil do que tinha imaginado.

— É que o Alê… ele…

— Caralho, obrigado por me acordarem às dez da manhã de um sábado — declarou Guilherme, irritado. Assim que absorveu a cena, porém, ele correu para o lado da irmã caçula, abraçando-a pelo ombro. — Clazinha, o que tá rolando?

— O Alê… ele… ele… ele não me ama maaaaaaaaais — explodiu ela por fim, caindo em seguida em um choro convulsivo.

Todo mundo congelou por um segundo, olhando para Clarissa, sem acreditar que aquele drama todo era por causa de uma briguinha de namorados.

— Clarissa, minha filha! Quer matar a gente do coração? — perguntou a mãe. — Pensei que alguém tivesse morrido! Você sempre foi a rainha do drama. Daqui a pouco vocês acabam voltando.

— E acho bom que seja antes do casamento! Porque você acabou de arruinar a organização do altar, isso sim! — reclamou Dafne. — Como vou conseguir um padrinho novo em cima da hora? Faltam só dois meses.

Gui fulminou a irmã mais velha com o olhar.

— Será que você pode esquecer a porra do seu casamento por um minuto? Não dá pra perceber que a Cla tá sofrendo?

Maria Helena resolveu intervir antes que os irmãos começassem a brigar de verdade.

— Mas, afinal, o que foi que você fez, filha, para ele terminar assim de repente? É óbvio que vocês foram feitos um para o outro.

Clarissa tentou controlar as lágrimas e respondeu entre soluços:

— Ele… Ele só disse que… que… que queria viver a vida. Que… a gente começou a namorar muito novo… Disse que quer conhecer gente nova.

— Aquele filho da puta! Eu vou quebrar a cara dele! — Gui cerrou os punhos para deixar claro que estava falando sério.

— Calma! Ninguém vai quebrar a cara de ninguém — interveio a mãe, tentando controlar a situação. — Nossa família tem berço.

— Filhinha — o tom do pai era condescendente —, eu sei que você gosta do Alê, e a gente o recebeu aqui como um filho. Mas acho que ele não tem o que é preciso para entrar na família Brandão.

Clarissa encarou o pai, chocada.

— Como assim?

— Ele é puxa-saco e acomodado. Ai! — Luiz esfregou o beliscão que levou da mulher, que o olhava com irritação. — E eu estou mentindo?

— Depois eles voltam e você vai se arrepender de ter dito isso — advertiu Maria Helena.

— E eu lá sou homem de me arrepender de alguma coisa? — Ele se virou para Clarissa. — Sabe, eu tenho a pessoa certa para você, filha. — Em seguida se dirigiu à mulher. — Maria Helena, vamos chamar o Maurício para jantar aqui amanhã! O que acha?

— Porra, pai. Você comeu cocô? Só pode. — Gui estava exaltado. — O que a Cla menos precisa agora é que você tente bancar o Cupido.

— Guilherme Luiz Brandão! Já chega! Não vou tolerar que você fale com o seu pai desse jeito! Cadê o respeito? — A mãe respirou fundo e baixou o tom novamente. — Acho que todo mundo precisa se acalmar. A gente acabou de acordar. Vou pedir para a Tita colocar a mesa do café e vamos todos sentar para comer e conversar como pessoas civilizadas. E, principalmente, resolver o problema do altar.

O problema do altar?! É isso mesmo?

Clarissa ficou sem ação.

— Ótima ideia, Maria Helena! Eu penso melhor de barriga cheia. — Luiz bateu na pança volumosa, de quem toma muita cerveja com os amigos, e saiu rindo alto.

Cada um foi para um lado, e Clarissa se sentiu aliviada ao ficar sozinha com o irmão do meio, com quem sempre teve uma ligação especial. Ele a abraçou pelos ombros e a levou até o sofá.

— Maninha, agora somos só nós dois. Vamos lá. Me conta tudo.

Suspirando, ela enxugou as lágrimas com as costas da mão.

— Ah, Gui… Não tem muito o que contar. Ele foi lá em casa ontem. Eu tinha feito um jantar especial pra comemorar que fui efetivada…

Ele se afastou dela e a encarou com uma expressão de surpresa.

— Efetivada? Como é que eu não tô sabendo disso?

Clarissa deu um sorriso triste.

— Ontem foi o dia mais feliz da minha vida. Nem acreditei quando a Elizabete me disse não só que eu ia ser efetivada na *Eclética*, mas que eu tinha direito a duas semanas de férias. Eu tava tão feliz. E agora… — Ela suspirou. — Agora eu tô no chão. Pior: tô no fundo do poço.

— Porra nenhuma! — Gui não tentou esconder a indignação. — Você é Clarissa Brandão, e nada derruba um Brandão. Tá ouvindo? Eu não briguei com a família toda pra você ir pro Rio de Janeiro e agora você vir com esse papinho de que tá no fundo do poço.

— Mas ele é o amor da minha vida.

Gui revirou os olhos.

— Caralho, Clarissa! Você tem vinte e dois anos. Ainda vai conhecer muita gente, se apaixonar, quebrar a cara. Se apaixonar de novo e quebrar a cara mais uma vez, e começar tudo de novo.

— Gui, eu tô destruída. Não consigo nem pensar em conhecer outra pessoa.

— Eu sei, mas vai passar. — Ele abraçou a irmã.

Foram interrompidos pelo grito de Tita chamando todo mundo para tomar o café da manhã e seguiram para a varanda. Mas Clarissa sentiu o estômago embrulhar só de olhar para a mesa posta.

— Pinguinho — disse Tita, usando o apelido de infância de Clarissa —, você tem que comer alguma coisa pra ficar forte e dar um soco na cara desse Alê. Assim ele aprende o que é bom pra tosse.

Ela abraçou a babá com carinho.

— Ah, Tita. Tá doendo tanto… Não consigo nem pensar em comer.

— Ah, quem dera eu perdesse a fome! — exclamou Dafne. — Ia ser bem mais fácil emagrecer os cinco quilos pra entrar no vestido.

— Cinco quilos? — Gui estava incrédulo. — Você vai ficar pele e osso, mulher! Aí vai ser a sua vez de levar um pé na bunda.

— Não se mete, Gui! Você não sabe nada sobre casamento. Nem sobre compromisso — retrucou Dafne.

Clarissa se levantou.

— Gente, eu vou pro meu quarto. Vou ligar pra Mel. Ainda não contei pra ela que a minha vida acabou.

Capítulo 3

Não adiantava, ela não conseguia dormir depois de ter passado o dia inteiro na cama.

Olhou para o relógio: uma da manhã.

Afastou as cobertas e, na ponta dos pés, foi até o escritório do pai. Ligou o computador, conectou o fio do telefone e abriu o programa de discagem para o provedor. Ficou ouvindo o chiado na linha até estabelecer a conexão. Entrou no e-mail da revista e encontrou mensagens do pessoal do trabalho lhe dando os parabéns pela efetivação e desejando boas férias. Apesar de tudo, aquilo a alegrou um pouco. Depois de responder para todo mundo e de mandar um e-mail para Alan, o melhor amigo da revista, contando sobre o término, decidiu entrar em alguns blogs estrangeiros que seguia. Leu várias postagens e deixou comentários em algumas.

Quando já ia fechar o Netscape, seus olhos foram atraídos para o botão "Criar novo blog". Clarissa ficou olhando para ele, pensando que talvez pudesse encontrar alguém que estivesse passando pelo mesmo que ela. Alguém capaz de entender a dor que sentia. Porque, ao longo daquele sábado, tinha descoberto que ninguém a entendia — nem os pais, nem os irmãos, nem mesmo Mel, a melhor amiga de todas as horas. Todos pareciam achar que ela estava exagerando, e isso a fazia sofrer ainda mais. Ela queria poder desabafar abertamente, sem medo de ser julgada. Mesmo que fosse com alguém que nunca viu na vida.

Sem parar muito para pensar, clicou no botão e foi seguindo o passo a passo.

Tinha que começar escolhendo um nome de usuário. Com certeza não seria Clarissa Brandão e nenhum dos seus muitos apelidos. Melhor se manter anônima, assim não precisaria ter medo de ser ela mesma.

Nome de usuário: Anônima

Apareceu uma caixa de diálogo no meio da tela avisando que esse nome não estava disponível.

Droga! Comecei mal.

Tamborilou os dedos na mesa. Seria bem legal se conseguisse pensar em um nome que a representasse minimamente. Baixinha? Tampinha? Amostra grátis? Deu uma risada. Por mais estranho que parecesse, estava se divertindo. Hum… As pessoas sempre diziam que ela era dramática demais, e quando era pequena a mãe a chamava de rainha do drama.

Nome de usuário: Drama Queen

Clicou em OK e torceu para o nome estar livre. *Ufa! Passou.*

Agora o título. Que difícil isso. Pensou em tudo que estava sentindo e no tipo de leitora que queria atrair. Já tinha assumido seu lado dramático, então decidiu enfiar o pé na jaca.

Título: Estilhaços de um Coração Partido

Descrição: Acabei de levar um pé na bunda espetacular e parece que ninguém me entende. Estou à procura de um ombro amigo com quem eu possa desabafar.

Idioma do blog: português (Brasil)

Agora faltava uma foto. Obviamente não ia usar nenhuma sua. Abriu mais uma aba no navegador e procurou um clipart de coração partido. Encontrou um cheio de rachaduras e pontas e algumas gotinhas de sangue escorrendo.

Pronto! Agora era só escrever com sinceridade.

http://estilhacosdeumcoracaopartido.blogspot.com

TEM ALGUÉM AÍ?

domingo, 19 de novembro de 2000

Li outro dia que a gente encontra tudo na internet. Não sei se é verdade, mas decidi tentar.

Estou à procura de um ombro amigo, alguém com quem eu possa desabafar livremente, sem medo de ouvir que estou fazendo tempestade em copo d'água, ou que todo mundo já passou por isso, ou que estou sendo dramática demais. Eu até sou um pouco. Não, não, não vou mentir aqui. Nem faria sentido, já que é um blog anônimo. Então, a verdade nua e crua é que eu sou mesmo uma Drama Queen. Pronto, falei! Nem doeu tanto admitir. Só que meus amigos não precisam ficar jogando isso na minha cara nesse momento tão difícil.

Não sei se você leu a descrição do blog: eu acabei de perder o amor da minha vida.

Calma, ele não morreu. Só me deu um pé na bunda :'(

É que eu sinto que, de alguma forma, enviuvei. Porque é como se eu estivesse de luto mesmo, sabe? Luto por um amor perdido. Por tudo que foi. Por tudo que deixou de ser e tudo que poderia vir a ser.

A gente tinha uma história, tinha sonhos, tinha planos. E agora foi tudo por água abaixo. Meu mundo caiu e não sei para onde ir a partir daqui.

http://estilhacosdeumcoracaopartido.blogspot.com

Bernardo e Beatriz.

Foram esses os nomes que escolhemos para os nossos futuros filhos. Agora eles não vão existir.

Entendeu o motivo do meu luto?

Meus filhos não vão mais nascer!!!

Tem noção do que é isso?

Quando penso nessas coisas, sinto uma dor no peito, de verdade. É como se meu coração realmente tivesse se partido em mil estilhaços cortantes que rasgam a minha alma. (Sim, Drama Queen, eu sei! Não consigo evitar.)

Será que tem alguém aí que me entenda? Que possa me dar uma luz neste momento tão difícil?

Obrigada por ler!

Beijos,

Drama Queen

Capítulo 4

Clarissa amava acordar cedo, talvez por fazer parte de uma família agitada e barulhenta, que se metia em tudo. Na casa dos Brandão, sempre tinha alguém falando, gritando, cantando, chamando. As manhãs eram os poucos momentos de silêncio e paz em que ela conseguia ficar sozinha na adolescência. Era por isso que valorizava tanto aquela primeira horinha de tranquilidade nos fins de semana.

Dizem que o silêncio acalma a alma, e ela sabia que precisava acalmar não só a alma, mas também os pensamentos e sentimentos para poder retomar a vida. Mas, mesmo depois de uma semana inteira de isolamento, não estava pronta. Não ainda. Escrever no blog ajudava, principalmente agora, com as respostas e conselhos de algumas poucas leitoras que encontraram o Estilhaços de um Coração Partido, sabe-se lá como, e deixaram palavras de esperança.

Também tinha conversado bastante com Mel por telefone. A melhor amiga insistia que Clarissa voltasse logo para o Rio, para as duas caírem na esbórnia; ela acreditava que um coração partido só se cura com beijo na boca, e não chorando pelos cantos nem sentindo pena de si mesma.

— Bom dia, flor do dia!

Clarissa deu um pulo e levou a mão ao peito.

— Caraca, Gui! Quase me matou do coração! Caiu da cama? O sol ainda está nascendo e hoje é sábado.

— Eu ainda não fui dormir. Cheguei agora há pouco da boate e quis te esperar pra conversar.

Clarissa olhou para o relógio. Seis e meia.

— A noitada foi boa — brincou, sentando-se à mesa em frente ao irmão. — Tá sóbrio?

— Pô, quem te ouve falar assim vai achar que eu não ralo pra caralho lá na fábrica.

Gui administrava a Brand junto com o pai. Com uma pegada mais moderna, estava conseguindo expandir ainda mais a empresa.

— Mas também curte a vida adoidado — retrucou ela.

Clarissa às vezes queria ter tino para os negócios. Com certeza sua vida teria sido bem mais fácil. Além disso, se tivesse ficado na cidade, talvez seu relacionamento com Alê tivesse tomado outro rumo. Mas desde pequena era uma pessoa curiosa, sempre querendo saber mais sobre as coisas, conhecer lugares novos.

— Eu curto a vida quando tenho que curtir, e trabalho quando tenho que trabalhar. Como tem que ser.

Clarissa riu da seriedade do irmão.

— Alguém chegou da balada todo filosófico.

— Cla, eu pensei muito enquanto esperava você acordar. E acho que a gente precisa ter uma conversa séria.

— Não sei se quero ter uma conversa séria antes do café da manhã.

Gui pegou as duas mãos da irmã de um jeito carinhoso.

— Estou tentando te dar apoio neste momento, já que o resto da família só pensa na merda do casamento da Dafne e do Gab... Juro que às vezes me dá vontade de sair gritando.

— Imagina eu... que achei que logo mais seria o meu casamento com o Alê.

Clarissa piscou para conter as lágrimas. Não queria começar o dia chorando. Respirou fundo algumas vezes e olhou para o teto. Gui suspirou, se esforçando para ter paciência.

— Acho que está na hora de você começar a reagir. Talvez adiantar a sua volta pro Rio... Curtir a sua última semana de férias aproveitando a praia, pegando um bronze. Sair com a Mel ou com a galera da revista. Aposto que deve rolar muito convite pra festa boa.

— A Mel quer que eu volte hoje, mas acho que não consigo ainda. Eu só queria entender o que aconteceu. A gente era o casal perfeito, você sabe! Todo mundo dizia isso. E fico o tempo todo me perguntando o que fiz de errado pra estragar tudo.

— Porra, Clarissa! Será que você não vê que não fez nada de errado? — Gui desistiu de se controlar. — Que a resposta é óbvia e está bem na sua cara?!

Clarissa arregalou os olhos para o irmão, que costumava reservar aquele tom impaciente e agressivo para Dafne, que tinha um talento especial para tirá-lo do sério.

— Como assim, Gui? — perguntou ela, baixinho e com a voz trêmula.

Ele apertou o ossinho do nariz e pareceu contar até dez antes de declarar em uma voz contida:

— Cara, será que não é óbvio que ele já está com outra?

O espanto de Clarissa aumentou consideravelmente e ela negou com a cabeça.

— Claro que não... O Alê não é assim.

Gui passou a mão no rosto. Estava exausto e exasperado com a burrice da irmã, mas se esforçando para dar a força de que ela precisava.

— Claro que é. Eu vi e falei com ele. Não foi ninguém que me contou.

— Você viu o Alê? E ele tá bem? — perguntou Clarissa, como uma idiota.

— Eu diria que está muito bem. Me apresentou a nova namorada com a cara mais deslavada do mundo.

— *Namorada?*

— É... É isso mesmo que você ouviu. Na-mo-ra-da. A minha vontade foi dar um soco na cara dele.

Clarissa tentou não chorar, mas fracassou miseravelmente.

— Cla, eu pensei muito se te contava ou não, mas acho que você está precisando de uma sacudida pra sair desse poço de autopiedade irritante, que não vai te levar a lugar nenhum.

— Você não sabe o que eu tô sentindo, Gui. — Ela começou a soluçar. — É um sofrimento sem fim. Uma dor que não passa.

Gui voltou a perder a paciência.

— Vou ter que concordar com a mamãe. Você tá sendo muito dramática. Não colocou o nariz pra fora de casa desde que chegou aqui! Não quer sair nem pra ir até a esquina!

— Eu não quero encontrar ninguém. Não quero ter que encarar o olhar de pena das pessoas e fingir que tá tudo bem.

— Cara, eu entendo, mas todo mundo já viu a nova namorada dele. — Gui fez uma pausa antes de dar o golpe de misericórdia. — Eu fiquei sabendo que ele terminou com você e foi direto pra uma festa em Santa Teresa com ela.

Clarissa ficou sem chão. O mundo pareceu parar. Até as lágrimas cessaram. Ela estava em estado de choque.

— Como assim? Você tá me dizendo que ele já estava com outra? — perguntou, com um fio de voz. — Mas ele disse que queria conhecer gente nova. Que queria curtir a vida!

— Não sei mais o que te dizer pra você entender que esse bonde já passou, maninha.

Clarissa fungou e enxugou o rosto com as costas da mão.

— Eu acho que preciso ficar um pouco sozinha. Clarear os pensamentos.

Ela se fechou no quarto e ficou andando de um lado para o outro como um animal enjaulado. Olhou em volta, doida para atirar coisas contra a parede, rasgar roupas, quebrar o espelho. Não sabia o que fazer para extravasar aquela dor. Pensou em escrever no blog, mas era pouco para dar vazão à explosão de sentimentos que pareciam se sobrepor uns aos outros. Dor, humilhação, ressentimento, raiva, desejo de vingança. Enfiou a cara no travesseiro e gritou. Nunca tinha sentido tanto ódio na vida. Parecia que o corpo inteiro tremia.

Ela se olhou no espelho. Tirou o cabelo que estava grudado no rosto por causa do choro. Ficou encarando aquela figura patética, com olhos e nariz vermelhos. Pensou em Alê. Ele adorava afundar o rosto no cabelo dela. As lágrimas ainda escorriam quando começou a abrir as gavetas em busca de uma tesoura. Quando achou, olhou novamente para o espelho. Deu um sorrisinho maldoso e meio louco. Agarrou o cabelo comprido em uma das mãos e, com dificuldade, cortou de uma vez só. As mechas caíram como um bicho morto. Ela continuou cortando, completamente fora de si. Só pensando em tirar de Alê algo que ele amava. Quando largou a tesoura, estava ofegante, confusa e ainda tomada de fúria. Precisava sair dali, precisava vê-lo, tirar satisfação, socar aquela cara de pau. Pegou a bolsa e a chave do carro.

Na garagem, viu que o carro de Gui estava fechando o dela. Pelo vidro, deu para ver que ele tinha deixado a chave na ignição. Clarissa não parou para pensar: subiu na picape do irmão, puxou o banco todo para a frente para alcançar os pedais e saiu a toda a velocidade.

Quando deu por si, estava na frente da casa do padrasto de Alê. O carro do ex estava estacionado na rua, na vaga de sempre. Clarissa apertou os olhos, deu uma risada amarga, engatou a primeira, pisou fundo no acelerador, soltou a embreagem e deixou a picape se chocar contra a traseira do Gol preto. O impacto e o som de vidro quebrado foram suficientes para arrancá-la do surto destrutivo. Ela levou a mão à boca, sem acreditar no que tinha feito. Esticou o pescoço e, no retrovisor, viu o próprio reflexo. Passou os dedos nos fios curtos e mal cortados e se deu conta da enormidade daquilo tudo.

Ela tinha enlouquecido de vez.

Apavorada, engatou a marcha a ré e saiu cantando pneu.

Clarissa não se lembrava de nada do trajeto de volta para casa. Não sabia bem como ia encarar a família no estado lamentável em que se encontrava. Desceu do carro do irmão e foi olhar o estrago. O farol estava quebrado, mas não tinha amassado muito. A julgar pelo estado do carro do filho da puta do Alê, ela achava que estaria pior.

Entrou na cozinha. Por sorte, só Tita estava acordada.

— Pingo, o que foi que você fez com o seu cabelo? — perguntou a babá, espantada.

Clarissa caiu no choro.

— Eu não sei o que deu em mim... Não sei o que vou fazer. Minha mãe vai me matar quando vir meu cabelo. Não quero nem pensar no que a Dafne vai dizer... Vou ser mandada embora do trabalho antes de assumir a vaga. Minha vida acabou.

Tita abraçou Clarissa e ficou acariciando suas costas até que ela se acalmasse, murmurando palavras de consolo.

— A Tita tá aqui — disse. — Vai ficar tudo bem. É só você se acalmar.

Clarissa foi sentindo o corpo relaxar naquele abraço tão conhecido. Parecia estar protegida agora, e se permitiu acreditar em cada uma daquelas palavras.

— Agora a gente vai lá na casa da minha irmã. A Cidinha vai dar um jeito no seu cabelo e você vai ficar igualzinha à Milena de *Por amor*. Lembra dela? Aí você vai poder encontrar o seu Nando lindo e esquecer o Alê.

Clarissa deu uma risada triste. Tirou a picape de Gui para sair com o próprio carro e colocou o dele na vaga da frente, torcendo para demorarem a descobrir o estrago.

Na casa de Cidinha, Tita explicou exatamente o que queria que a irmã fizesse. Clarissa estava abalada demais para dar qualquer opinião. Ela se sentou na cadeira da sala e ficou imóvel, tentando controlar o turbilhão de sentimentos que parecia querer transbordar. Quando Cidinha ficou satisfeita, deixou Clarissa se levantar e ir até o banheiro ver o resultado.

Ela se olhou no espelho e não reconheceu o próprio reflexo. Os olhos pareciam maiores e mais brilhantes, o nariz, mais imponente, e as maçãs do rosto, mais marcadas. A mulher que a encarava tinha um ar moderno e sofisticado, apesar da palidez, das olheiras e do olhar meio enlouquecido.

— Mas a minha Pingo está igualzinha a uma artista! — exclamou Tita. — Não falei que ia dar certo?

Clarissa riu, apesar de tudo.

— Muito obrigada, Cidinha. Nunca vou esquecer o que você fez por mim.

— Não foi nada, menina! — respondeu a cabeleireira. — Deixa só eu tirar uma foto pra colocar no albinho lá do salão. As clientes adoram uma novidade.

Tita e Clarissa voltaram direto para casa e, assim que o portão se abriu, viram Maria Helena na varanda, ainda de roupão.

— Aconteceu alguma coisa, Tita? — perguntou a patroa. — Você não costuma sair sem avisar. Fiquei preocupada.

— Não foi nada, não, dona Maria Helena. — Tita desceu do carro e bateu a porta. — Só fui levar a Pingo pra cortar o cabelo lá na casa da minha irmã.

Clarissa saiu devagar, tentando protelar o momento inevitável de encarar a mãe, que com toda a certeza iria odiar o que ela tinha acabado de fazer.

Não deu outra. Quando Maria Helena viu a filha, seu rosto se contorceu em uma expressão que só podia ser descrita como uma mistura de choque e horror.

— Mas o que foi que você fez com o seu cabelo?!

— Cortei, mãe.

— Mas curto assim? Seu cabelo era o seu ponto forte! Como é que você vai reconquistar o Alê desse jeito?

Teria doído menos se a mãe a tivesse esbofeteado.

— Ele já tem outra namorada — declarou Clarissa, sentindo a voz tremer e os olhos marejarem, de novo. — O Gui me contou hoje. Acabou mesmo.

— E pelo visto você não vai ter um namorado tão cedo, né? Esse cabelo não te favorece em nada.

— Dona Maria Helena, a Pingo tá igualzinha a uma artista. Vai ficar assim de homem atrás dela. — Tita virou as mãos para cima e uniu a ponta dos dedos, fazendo o gesto típico de quem exagera nas contas.

Clarissa não deu chance de a mãe dizer mais nada.

— Acho que é melhor eu voltar pro Rio. Já estou aqui há tempo demais.

— Mas, filha, você marcou com a sua irmã…

— Mãe, só me deixa ir.

Suspirando, Maria Helena se virou e entrou na casa. Clarissa seguiu para o quarto e arrumou suas coisas com a rapidez de uma fugitiva.

http://estilhacosdeumcoracaopartido.blogspot.com

CORNA

sábado, 25 de novembro de 2000

Como eu sou idiota! Idiota e corna.

O filho da puta do Ex me chifrou. Dá pra acreditar? Estou há uma semana curtindo a fossa, botando todo o meu lado Drama Queen para fora, e ele comendo outra mulher?

Vocês acreditam que o calhorda já tinha namorada quando me deu o pé na bunda? Isso mesmo que vocês leram:

N-A-M-O-R-A-D-A.

E eu fazendo o quê? Chorando pelos cantos, esperando uma ligação dele falando que tinha sido um mal-entendido e que queria voltar. E ainda tive que aguentar as críticas da família, repetindo o tempo todo que estou sendo dramática.

Burra, burra, burra...

Ah, mas não deixei barato! Posso até ser corna, mas mansa é que não sou. Não mesmo.

Essa Drama Queen aqui se vingou. E se vingou bonito! Bem no estilo *Um dia de fúria*. Nem sei o que deu em mim, só sei que bati no carro dele. Acabei com a traseira. E fugi antes que me vissem. Eu sei que é errado, mas chifrar também é. Então, estamos quites!

Ainda estou com muito ódio dele. Não quero ver nem pintado de ouro.

Beijos,

Drama Queen

Capítulo 5

Clarissa chegou ao Posto 10 de Ipanema pouco antes da hora do almoço. Mel já estava estirada na areia; se apoiou no cotovelo quando sentiu uma sombra e reclamou:

— Tá tampando o sol.

Clarissa estendeu a canga ao lado dela.

— Oi, Mel.

— Cla?! — Ela se sentou. — Será que estou alucinando? Cadê o seu cabelão? Que corte é esse? Você tinha horror a cortar curto! Só tirava as pontinhas.

— É uma longa história, e você vai achar que eu enlouqueci de vez. Até eu estou achando isso.

Clarissa se sentou na canga e desabafou com a amiga, do seu jeito dramático e exagerado de sempre. Xingou Alê até dizer chega e ficou surpresa por não chorar nenhuma vez. A voz até tremeu, mas nenhuma lágrima caiu. Era bom sentir raiva em vez de dor.

— Eu queria ser uma mosquinha pra ver a cara dele quando for pegar o carro. — Mel e Clarissa riram. — Aquele filho da puta.

— Como eu pude ser tão cega?

— Cla, você não tinha como saber.

— Pior que eu tinha. — Clarissa sentiu o rosto queimar.

— Como assim?

— Então... eu e o Alê... a gente estava há um tempo sem... você sabe.

— Transar?

— Isso. Ele não tentava mais, e eu achei que fosse normal.

Mel se virou totalmente para a amiga.

— De quanto tempo estamos falando? Duas semanas? Um mês?

Clarissa desviou o olhar para um pessoal que estava jogando altinha na beira da água.

— Seis meses — respondeu baixinho.

— Seis meses?! — Mel estava genuinamente espantada. — Puta merda, você é quase virgem de novo!

— Então, os sinais estavam ali na minha cara, debaixo do meu nariz. E eu fingi que não era nada, que era só uma fase. — Clarissa cobriu o rosto com as mãos. — Sou uma idiota mesmo.

— Cla, vou te dizer uma coisa: você vai dar a volta por cima. Você é a pessoa mais legal que eu conheço, e aquele merda do Alê nunca te mereceu.

Clarissa ficou tocada com as palavras da amiga.

— Obrigada, Mel. Não sei o que seria de mim sem a sua amizade.

Elas ficaram em silêncio, olhando para o mar, até que Mel se levantou.

— Tô com calor. Vamos dar um mergulho?

— Boa ideia. Tô precisando renovar as energias. — Clarissa olhou para uma família sentada ali perto. — Se importam de dar uma olhada nas nossas coisas?

— Pode deixar! — respondeu a mãe com simpatia.

As duas correram para o mar, e Clarissa furou a primeira onda que viu. A água gelada contra a pele quente foi um bálsamo e ajudou a dissolver a tensão da última semana. Ela se sentiu leve pela primeira vez em dias. Quando emergiu, passando a mão nos olhos, viu o sorriso da melhor amiga e foi tomada por uma vontade de ser feliz de novo, de receber de braços abertos o que a vida tivesse para lhe oferecer, começando naquele dia, naquele instante.

— Hoje eu vou me acabar na night — avisou para Mel antes de furar outra onda.

— É assim que se fala, amiga!

http://estilhacosdeumcoracaopartido.blogspot.com

PRIMEIRA BALADA

sábado, 25 de novembro de 2000

Acabei de me arrumar para a guerra, como diz a Doidinha, minha melhor amiga, mas estou morrendo de medo de ninguém nunca mais querer ficar comigo.

Pra dizer a verdade, acho que nem sei mais paquerar ou como agir se um carinha quiser ficar comigo. Não sei nem se consigo beijar outra boca sem ser a do Ex!

Fico imaginando se o cara me chamar para ir pro motel... O que eu faço? Saio correndo?

Porque vou ser bem sincera com vocês (por favor, não me julguem): eu nunca liguei muito para sexo. Nunca entendi bem essas pessoas que falam que estão subindo pelas paredes de tesão. Tipo assim, é uma experiência gostosa, relaxante e tal, mas nunca achei tudo isso.

E digo mais: acho que só vou conseguir transar com um cara que eu ame de verdade. Sim, apesar de tudo, eu ainda amo o Ex. A Doidinha fala que eu sublimo o sexo e que deveria arrumar um PA para fazer a transição para sexo sem amor. Tenho minhas dúvidas. Ela também diz que ficar com um carinha novo é igual a andar de montanha-russa pela primeira vez: a gente fica nervosa antes, mas depois pede bis.

Ai, pra variar, estou colocando a carroça na frente dos bois. Nem saí de casa ainda e já estou pensando no que fazer se alguém quiser me levar pra cama!

Bom, torçam por mim!

Beijos,

Drama Queen

Capítulo 6

Na porta da boate Nuth, na Barra da Tijuca, Clarissa ficou chocada com o tamanho da fila; parecia que nunca iam conseguir entrar. Apertou a bolsa com força enquanto seguiam direto para a porta, ouvindo gritos e reclamações de quem aguardava. Assim que chegaram, Mel trocou duas palavrinhas com o segurança, que rapidamente as colocou para dentro.

— Uau, amiga! Você é VIP mesmo!

— Que nada! É que o dono da boate é cliente lá do escritório, e todos os advogados têm passe livre aqui.

Clarissa tinha caprichado no visual para sua primeira saída. Usava o vestido preto como armadura e o batom vermelho como convite. Quando se olhou no espelho do bar, demorou a se reconhecer. Viu uma mulher moderna de ar sofisticado, nem um pouco parecida com a garotinha patética que chorava as mágoas no blog.

— Pronta pra arrasar? — perguntou Mel.

— Tô um pouco nervosa.

— Pois eu tenho o melhor remédio pra esse nervosismo. — Mel puxou a amiga até o balcão e fez um sinal para o bartender. — Dois shots de tequila!

— Nunca tomei tequila pura.

— Tem uma primeira vez pra tudo na vida — retrucou Mel, com ar filosófico.

Fizeram o ritual do sal e limão e viraram a dose de uma vez. Clarissa sentiu a bebida queimar a boca, a garganta e o corpo todo. Olhou para a pista de dança, que fervilhava de gente em busca de diversão, ou talvez de alguém para preencher um vazio. As duas coisas se aplicavam a ela naquele momento.

As amigas foram se espremendo entre os corpos suados até encontrar um espacinho. Clarissa amava dançar, se deixar levar pela música, pelo ritmo, pela batida. Começou a tocar "Anna Júlia" e o pessoal foi ao delírio; no refrão, todo mundo saiu pulando. Clarissa abriu um sorriso e cantou bem alto, até ficar rouca. Quando a música acabou, Mel a puxou pela mão, as duas dividiram uma garrafa de água e pediram mais dois shots de tequila.

— Já viu alguém interessante? — perguntou Mel enquanto Clarissa virava sua dose.

— Não. Nem sei se vou.

— Pode ir parando por aí! Hoje você vai ficar com alguém e ponto-final.

— Mas…

— Não adianta discutir.

— É só que…

Mel ergueu uma das mãos, impedindo Clarissa de continuar.

— Vamos fazer uma aposta.

— Lá vem você com suas apostas.

— Eu vou escolher um carinha pra você paquerar. Se ele chegar junto, você vai ter que beijar na boca e ser feliz. Se ele não chegar, eu paro de encher o seu saco por uma semana!

Clarissa riu e pediu mais uma dose para cada uma, pois sabia que ia precisar de coragem para aceitar o desafio.

— Um brinde a isso!

As duas riram, beberam de uma vez só e bateram os copinhos no balcão.

Estavam dançando quando Mel soltou um gritinho.

— Ali! Aquele ali de camiseta azul, tipo "mamãe, tô forte". — Ela apontou para um cara. — Eu escolho ele como seu desafio, amiga. Vai ser fácil, o cara não para de olhar pra cá.

Clarissa se virou e viu um cara alto, mas, com as luzes piscantes, não conseguiu enxergar o rosto direito. Sentiu uma onda de adrenalina e lembrou da metáfora da amiga. Será que ia subir naquela montanha-russa? Mordeu o lábio inferior, olhou para o cara de novo e tomou uma decisão. Não ia esperar que ele chegasse nela. Era *ela* que ia chegar nele. Mel nem ia acreditar. Clarissa foi abrindo caminho pela pista, dançando e cantando, mantendo o olhar fixo no carinha de camiseta azul. Quando estava bem perto, perguntou:

— Qual o seu nome?

Ele olhou para baixo com um sorrisinho.

— Bruno.

— Oi, Bruno. Eu sou a Clarissa. Você vem sempre aqui?

— Primeira vez — respondeu ele, ainda sorrindo.

— Eu também! — Ela riu. — Já temos alguma coisa em comum.

Continuou dançando ali do lado dele, sem saber o que dizer. Pensando bem, era melhor não dizer nada. Com a coragem provocada pelo álcool, resolveu partir para a ação.

— Ei... — chamou ela, tentando alcançar o ouvido dele.

Quando Bruno se abaixou, ela o agarrou pela gola e o beijou com vontade. Ele ficou surpreso, mas logo se recuperou e a abraçou pela cintura, enfiando a língua na boca de Clarissa, que fechou os olhos e tentou se concentrar no momento. No entanto, depois da euforia de ter dado o primeiro passo, ela não sentiu nada do que esperava sentir, aquela sensação de frio na barriga, a vontade de pressionar o corpo no dele. De alguma forma, o beijo parecia errado, como se os dois não estivessem se encaixando direito.

Ela abriu os olhos e se afastou um pouco. Segurou o rosto dele com as duas mãos. Ficou na pontinha dos pés e tentou de novo, virando a cabeça para o outro lado. Beijou, se ajeitou, virou mais uma vez. Não... não estava funcionando. Talvez se o puxasse mais. Ele pareceu notar a dificuldade dela e deu um passo para trás, mantendo os braços na cintura dela e direcionando-a para o bar.

— Você tá me deixando louco com esse decote — disse Bruno.

Clarissa riu e se deixou levar, achando bom sair do empurra-empurra da pista de dança. Ele a sentou no banco alto do bar, pegou o cartão de consumação, olhou para ela e perguntou:

— O que você quer beber?

— Tequila — gritou Clarissa, para ser ouvida por cima da música.

Ele levantou as sobrancelhas escuras, surpreso, mas não fez comentários.

— Uma tequila e uma cerveja — pediu para o bartender.

Enquanto esperavam, Bruno se aproximou dela como quem ia contar um segredo, mas, em vez disso, enfiou a língua em sua orelha. Clarissa sentiu o impulso de fugir do toque molhado, invasivo. Contou até dez e se virou para o balcão, onde o shot de tequila a aguardava. Ia precisar beber muito para se sentir à vontade com aquele cara.

— Aqui, deixa que eu te ajudo. — Ele polvilhou sal na própria mão e prendeu a fatia de limão na boca.

Clarissa logo entendeu o que ele queria. Lambeu o sal na mão dele, virou a dose e chupou o limão que ele segurava entre os dentes. Hum... As coisas estavam começando a ficar interessantes.

Ele descartou o limão no copo vazio, se posicionou entre as pernas dela e apoiou os braços no balcão, prendendo-a no lugar. Ela achou aquilo sexy e o puxou para mais um beijo.

Os lábios se encontraram, a língua dele invadiu sua boca e ela relaxou um pouco, deixando que ele guiasse, já que ela havia sido um fracasso na pista de dança. Mas... era impressão dela ou o beijo estava babado demais? Clarissa teve a sensação de que tinha saliva escorrendo. Será que era dele ou dela? De repente, sentiu as mãos dele em seu cabelo, massageando o couro cabeludo e empurrando a cabeça dela de um lado para o outro. Clarissa começou a ficar tonta. Ele deu uma lambida na baba e puxou o corpo dela contra a ereção. Clarissa ficou orgulhosa de ter provocado aquilo, mas percebeu naquele instante que não ia rolar, então decidiu dar o fora dali. Espalmou as mãos no peito dele e deu um empurrãozinho. O cara — *como era mesmo o nome dele?* — obviamente não estava esperando o chega pra lá. Ele deu um passo para trás com uma expressão de surpresa, logo substituída por indignação.

— Vai se fazer de difícil agora?

— Acho que não rolou! — Ele talvez a achasse louca, mas ela não estava nem aí, e não esperou para ouvir a resposta. — Tchauzinho.

Seguiu direto para o banheiro feminino. Apesar da fila enorme, Clarissa foi entrando, sentindo que o chão se ondulava embaixo de seus pés, e foi para a pia para se apoiar na bancada.

— Ei! Tem que esperar a sua vez! — gritou uma garota, com a voz irritada.

— Eu não vou fazer xixi. — Ela se olhou no espelho e começou a rir. Estava com a cara toda borrada de batom.

Abriu a torneira e lavou a boca, o queixo e até a orelha que ele tinha lambido. Pegou papel-toalha, enxugou o rosto e as mãos. Abriu a bolsinha, tirou o batom e passou de novo, bem devagar para não borrar, já que estava vendo duas bocas no espelho. Quando saiu do banheiro, foi procurar Mel. A amiga estava no bar tomando uma margarita e conversando com um cara, mas, assim que viu Clarissa, voltou a atenção para ela.

— Gostei de ver! Chegou chegando e arrasando.

Clarissa pegou a taça da mão da amiga, tomou um gole grande e começou a rir.

— Não encaixou. — Ela estava enrolando as palavras. — E ele beija babado.

— Eca! Pela minha experiência, quem beija babado é ruim de cama.

Clarissa soltou uma gargalhada exagerada. Surpresa, Mel encarou a amiga.

— Você já tá de porre?

Clarissa fez um sinal para o bartender.

— Eu quero um igual ao dela.

Mel riu e Clarissa se apoiou no balcão para conter a tontura. De repente, viu duas mãos grandes ao lado da sua e um corpo pressionando o dela contra o bar.

— Achou que fosse fugir de mim? — perguntou o cara da camiseta azul, enfiando a língua no outro ouvido dela.

Clarissa se contorceu para sair por baixo do braço dele e se colocar instintivamente atrás da melhor amiga.

— Acho que a sua sorte acabou — disse Mel, com firmeza.

— Foi ela que me agarrou e agora tá fazendo cu doce.

Clarissa olhou para ele e declarou:

— Você beija maaaal.

Ele ficou puto. Deu um passo em direção a ela, mas, antes que tivesse chance de responder, o bartender chegou com a margarita de Clarissa.

— Melhor você vazar — avisou Mel.

O cara deu mais um passo.

— Você ouviu — interveio o bartender, lançando um olhar para o segurança que estava próximo. — A gente não gosta de confusão aqui.

— Melhor procurar alguém que vale a pena do que perder meu tempo com uma piranha qualquer. — Ele virou as costas e foi embora, com o peito estufado.

— Ele me chamou de piranha! — Clarissa caiu na gargalhada, pegou a taça, virou o drinque em um gole só e levou a mão à testa. — Aaaaaaaaaiiiii! O cérebro congelou!

Mel deu risada.

— Amiga, você tá muito bêbada.

— Vamos dançar até o dia clarear.

Clarissa se virou para a pista, deu dois passos, sentiu tudo rodar e caiu sentada.

— Nunca pensei que eu fosse fazer isso na vida — Mel ajudou a amiga a levantar e a empurrou na direção do caixa —, mas acho melhor eu te levar pra casa, antes que você faça merda e se arrependa.

— Mas eu quero encontrar alguém que encaixe — resmungou Clarissa, tentando voltar para a pista.

— Você vai encontrar, Cla. Mas não hoje.

Capítulo 7

Clarissa acordou com um gosto horrível na boca e a cabeça latejando. Quando levantou, percebeu que ainda estava com o vestido da noite anterior. Eca! Ia ter que trocar a roupa de cama. No banheiro da suíte, viu a maquiagem borrada e o cabelo em pé. Enquanto escovava os dentes para se livrar do bafo horrendo de tequila azeda, tentou lembrar como tinha chegado em casa, mas sua memória parecia ter se apagado depois que entrou no táxi com Mel.

Jogou o vestido e a calcinha no cesto de roupa suja antes de entrar no chuveiro e se ensaboar toda, louca para se livrar do fedor de cigarro entranhado na pele. Por mais que tentasse, não sabia como tinha terminado a noite. Blecaute total. Amnésia alcoólica. Fechou o chuveiro e foi para o quarto.

Acabou de vestir o short e a camiseta e já ia para a cozinha preparar o café da manhã quando um barulho a fez gelar por dentro. Não estava sozinha! Será que tinha levado o carinha do beijo babado para casa? Tinha transado sem perceber? E se tivesse sido drogada?! Clarissa levou a mão ao peito, mas logo se deu conta de que tinha acordado completamente vestida. De calcinha e tudo. Se alguém a tivesse dopado para se dar bem, não ia vesti-la toda de novo, né? Esse pensamento ofereceu um pequeno alívio. Talvez Mel tivesse decidido dormir ali. Só podia ser isso. Ela ouviu mais um ruído e sentiu cheiro de café.

Com o coração disparado, lembrou que Mel odiava café e nem sabia mexer na cafeteira.

Quem poderia estar ali? Procurou alguma coisa que pudesse usar para se defender. Viu o secador de cabelo e o pegou com as duas mãos, segurando-o na frente do corpo como se fosse uma arma. Caminhou bem devagar até a porta do quarto, que se abriu de repente. Com um grito, Clarissa atirou o secador na direção do invasor e correu para se trancar de volta no banheiro.

— Caralho, Clarissa. Já não basta quase ter vomitado em cima de mim, agora vai partir pra agressão? — reclamou Gui, se abaixando para pegar o secador.

Ela quase desmaiou de alívio ao ouvir a voz do irmão.

— Gui? O que você tá fazendo aqui? Como foi que você entrou?

— Eu peguei você caída na portaria e te carreguei no colo até aqui.

— Oi? Como assim? Não lembro de nada disso.

Ele ignorou o comentário e continuou a bronca:

— Ainda bem que o papai me obrigou a vir ver como você estava. Eu praticamente te tirei da sarjeta e ainda arranquei o telefone da sua mão pra não ligar pro Alê. Agora eu quero saber o que tá acontecendo. E antes de mais nada quero que você me explique por que o meu carro tá todo amassado.

Clarissa empalideceu. Não parecia que só tinha passado um dia desde o surto destruidor.

— Ai, Gui… — Ela cobriu os olhos com as mãos, em uma tentativa frustrada de impedir o fluxo de lágrimas. — Fui eu que bati o seu carro. Foi mal.

— Isso eu já sei. Quero saber o que aconteceu.

Clarissa negou com a cabeça.

— Não quero falar sobre isso.

— Desembucha logo, vai. — A paciência dele estava se esgotando. — Ou você prefere que eu ligue pro nosso pai?

Ela viu que não ia conseguir escapar quando ele cruzou os braços, esperando.

— Só se você jurar que não vai contar pra ninguém.

Ele olhou para o teto, respirou fundo e acabou cedendo, mesmo a contragosto. E ela contou tudo, omitindo apenas a existência do blog.

— Caralho, Clarissa! — Gui nem tentou esconder o choque. — Vou ter que dar razão pra mamãe. Você enlouqueceu de vez mesmo.

— Não sei o que deu em mim, Gui. Acho que eu nunca senti tanta raiva na vida. Tanta vontade de machucar alguém. Eu só queria que ele sofresse como eu tô sofrendo. Foi mal! Pode deixar que eu pago o conserto do seu carro.

— Acho que o seu salário de um mês não vai cobrir.

— Caraca, não precisa ser esnobe! Eu também tenho a mesada que o papai me dá.

— Esquece, Clarissa. Só quero que você me prometa que vai se controlar melhor.

Ela baixou a cabeça, envergonhada.

— Eu tô falando sério, Clarissa. Você não pode ter ataques de raiva e sair por aí quebrando coisas como fazia quando era pequena.

— Eu sei, Gui. É que eu perdi a cabeça. Não vai acontecer de novo, prometo.

— E você também não pode beber a ponto de perder a consciência do que está fazendo. — Gui passou a mão no cabelo. — Pelo menos você e a Mel tiveram o bom senso de não ir de carro.

— A gente sabia que ia beber — retrucou Clarissa, tentando mostrar que era responsável —, por isso eu deixei o carro na garagem.

— É o mínimo, né?

Clarissa se irritou com o comentário hipócrita do irmão.

— Até parece que você nunca fez merda.

— Eu já fiz muita merda. Merdas que você nem sabe e nunca vai saber. E é por isso que vou deixar esse seu surto passar. Não quero que o papai te obrigue a voltar pra Petrópolis.

— Valeu, Gui. — Clarissa abraçou o irmão.

— Só promete que não vai mais encher a cara desse jeito.

— Prometo.

http://estilhacosdeumcoracaopartido.blogspot.com

RESSACA

domingo, 26 de novembro de 2000

Gente, o que é bom para acabar com a ressaca? Minha cabeça parece que vai explodir. Acabei tomando todas e mais um pouco e fiquei completamente bêbada, a ponto de cair e precisar ser carregada. Uma vergonha.

A noite até que começou bem: dancei, ri e me diverti.

Mas depois foi só ladeira abaixo. Fiquei com um carinha e, cruz--credo, que coisa horrenda, não quero nem lembrar. Acho que nunca mais fico com ninguém na vida. Vou ficar pra titia mesmo.

Pai amado, estou traumatizada. Teve uma hora que achei que estava em um filme de zumbi, sabe? Porque parecia que ele queria sugar o meu cérebro pela orelha. Um verdadeiro horror!

Esse foi o primeiro porre de verdade que tomei na vida e só tenho uma coisa a dizer: nunca, jamais, em momento algum quero ver um shot de tequila na minha frente de novo.

Apesar de tudo isso, aprendi uma lição valiosa, que divido com vocês: se beberem a ponto de ter um blecaute, tenham alguém por perto para impedir que liguem para o Ex. Essa seria a cereja do bolo de uma noite péssima. Felizmente arrancaram o telefone da minha mão.

Saldo da primeira noitada: medo de zumbi e uma baita ressaca.

Espero que as coisas melhorem. A Doidinha disse que não vai me deixar desistir. Continuem torcendo por mim.

Beijos,

Drama Queen

Capítulo 8

A última semana de férias foi relaxante. Clarissa começava o dia na praia e terminava com algum programa cultural, indo ao cinema, a exposições de arte e peças de teatro. Como ia trabalhar na editoria de cultura e lazer da *Eclética*, aproveitou para escrever resenhas detalhadas, que poderia muito bem apresentar na sua primeira reunião de pauta. Também fez aulas experimentais de yoga, caratê e dança do ventre e acabou se matriculando no caratê, que tinha implorado para fazer quando criança, mas o pai não deixara, dizendo que era "coisa de menino". Achou yoga parado demais, e dança do ventre, exótico demais.

Também desabafou bastante no blog, que estava bombando. Ficou chocada com o número de comentários na postagem sobre o surto. Várias mulheres dividiram com ela momentos parecidos com o que tinha vivido: uma arranhou o carro do namorado com a chave, outra pintou xingamentos com batom no para-brisa, e teve uma que atirou os CDs e as roupas do ex pela janela.

Quando finalmente resolveu dar uma olhada no relatório de métricas, Clarissa viu que o número de visitas crescia um pouco todo dia. Animada, decidiu usar uma planilha de mailing que tinha preparado para a revista e salvado em um disquete. Abriu o e-mail da Drama Queen, redigiu uma mensagem simpática com o link do blog e enviou para a lista inteira. No dia seguinte o número de visitas quadruplicou, assim como o volume de e-mails e comentários. Realmente existia muita mulher com o coração partido no mundo.

Na sexta à noite, ela se arrumou para a segunda noitada com Mel. Daquela vez, escolheram um lugar na zona sul, porque Clarissa se recusou a ir para a Barra, com ou sem convite VIP. O táxi parou diante da Cozumel, uma boate com temática mexicana no Jardim Botânico. Ainda não havia fila do lado de fora, mas dava para ver que tinha muita gente lá dentro.

Assim que entraram, as duas foram envolvidas por música alta, luz estroboscópica, gente bonita, riso e energia boa. Foram direto para a pista de dança, onde Mel encontrou alguns conhecidos. Ficaram ali dançando, conversando e se divertindo.

Mel se aproximou do ouvido da amiga.

— O Fernandinho não para de te olhar. Se você der mole, acho que rola.

Clarissa franziu o nariz, fez que não com a cabeça e sugeriu:

— Vamos beber alguma coisa? Tô morrendo de sede.

Seguiram juntas, cantando e dançando, se espremendo entre as pessoas.

— Vou começar mais devagar hoje — disse Mel. — Uma Sol com limão.

— Eu fico enjoada só de pensar em bebida. — Clarissa fez cara de nojo. — Me vê uma Coca-Cola?

— Ah, fala sério! Cadê o espírito de aventura?

Assim que chegaram as bebidas, Clarissa pensou ter visto um rosto conhecido, sentiu um frio na barriga e parou de falar no meio da frase.

— Que houve, Cla? Parece que você viu um fantasma. Vai me dizer que o Alê tá aqui com a namorada? Não sacaneia. — Mel ficou olhando em volta.

— Não! Seria muito azar, né? Entre todas as boates do Rio, ele escolher a mesma que eu! — respondeu Clarissa. — E já te falei que o nome do meu ex está banido das nossas conversas!

— Um brinde a isso!

Ela ergueu a latinha de Coca-Cola e Mel fez uma careta.

— Pelo amor dos céus, mulher, se solta!

Clarissa riu e colocou o canudo na boca. As duas procuraram um canto menos cheio para ficar, já que todas as mesas estavam ocupadas.

— Então, viu alguém interessante? — perguntou Mel. — Tem umas vinte pessoas aqui com quem eu ficaria fácil. Aliás, hoje eu tô facinha, facinha.

— Ah, que novidade.

— Mas eu só vou ficar com alguém se você se arranjar também. Não vou te largar sozinha.

Clarissa levantou o copo.

— Um brinde a isso.

As duas riram. De repente Clarissa viu um par de olhos castanhos fixos nela e engasgou. Mel começou a bater nas costas da amiga.

— Nossa, Clarissa! O que tá acontecendo?

Depois de recuperar o fôlego, ela disse, com a voz um pouco rouca:

— Não estou acreditando que o Enrico tá aqui.

— Quem é Enrico?

— Ah, é um ex-namorado da Nanda. Lembra dela? A melhor amiga da Dafne? — Mel fez que não com a cabeça, e Clarissa continuou: — Eu era meio gamada nele antes de conhecer o Alê. — Ela cobriu a boca com a mão por ter falado o nome do ex. — Mas ele começou a namorar a Nanda… Enfim, uma longa história.

— Que você vai me contar depois. Agora eu quero saber onde ele está.

— Ali, perto do bar. Camisa polo preta. Mas não olha agora.

Mel disfarçou e deu uma olhada geral na direção indicada.

— Ele tá olhando pra cá.

Clarissa também deu uma olhadinha, viu que ele estava encarando e virou rápido.

— Eu só sei que ele sempre mexeu comigo. Mesmo quando eu estava com o… — Ela tapou a boca para não repetir o nome do ex. E a amiga começou a rir.

As duas conversaram mais um pouco e voltaram para a pista. Clarissa sempre procurava Enrico com os olhos, e não era difícil localizá-lo. Mel, que observava a paquera, disse depois de um tempo:

— Acho que é ele que vai te livrar das teias de aranha aí embaixo, amiga. — Ela fez um gesto amplo na frente das pernas de Clarissa. — Hoje você perde o cabaço que deve ter brotado nesse período de seca.

— Quem dera! Ele nunca vai ficar comigo!

— Do jeito que está te secando? Acho que vai, hein?

Clarissa tentou espiar mais uma vez, mas era difícil ser discreta sem a ajuda do cabelão. Assim que o localizou, confirmou que ele estava olhando para ela e, em vez de desviar o rosto, abriu um sorriso. Ele retribuiu e veio em sua direção. Hipnotizada, ela mal registrou quando Mel se afastou. Sabia que o rosto estava vermelho, mas ele não perceberia na penumbra da boate.

— Oi! — disse ele em seu ouvido, e ela ficou toda arrepiada.

— Oi, Enrico. — O sorriso dela era radiante.

A expressão relaxada dele foi substituída pela surpresa.

— A gente se conhece?

Clarissa percebeu que ele não a reconhecera. Não teria chegado nela se soubesse quem era, e sumiria rapidinho assim que descobrisse que ela era irmã da Dafne.

— Eu sou de Petrópolis, e você é famosinho por lá. *Todo mundo* sabe quem você é.

— Que exagero! — Ele riu. — E como é que eu nunca te vi?

— Claro que já me viu. Algumas vezes, na verdade. Mas nunca deu atenção. — Ela fez uma pausa antes de acrescentar: — É que já tem um tempão que eu moro aqui no Rio.

— Acho que eu não esqueceria se já tivesse te visto.

— Não é questão de achar. É um fato: você já me viu e não lembra.

— E você vai me contar quando a gente se viu pra refrescar a minha memória?

— Não... Eu prefiro dançar...

Enrico deu um sorriso meio de lado e os dois começaram a se mexer no ritmo da música, se olhando nos olhos. Ele aproximou os lábios do ouvido dela.

— Você parece uma garota francesa com esse cabelinho curto.

Ela riu, e ele segurou de leve a cintura dela. Com os olhos fixos nos de Enrico, ela apoiou o braço no ombro dele, deixando o convite bem claro.

Ele aproximou o rosto. Clarissa fechou os olhos, tomada por um misto de sensações: a emoção de estar com sua paixonite da adolescência, a expectativa do beijo e o medo de ser mais uma tentativa frustrada de ficar com alguém. Mas não precisava ter se preocupado. Assim que os lábios se tocaram, o mundo pareceu parar. Ela não estava preparada para sua reação a um simples beijo. Parecia estar derretendo por dentro e foi dominada por uma onda de desejo imediata, diferente de tudo que já tinha sentido na vida. Colou o corpo no dele, sem nem perceber o que estava fazendo.

Depois de um tempo, Enrico se afastou o suficiente para perguntar:

— Não vai nem me dizer o seu nome antes de a gente continuar?

Encantada com o que estava acontecendo e especialmente com o que estava sentindo, ela teve medo de revelar seu nome e pôr tudo a perder.

— Pode me chamar de Francesa. — Sorriu, torcendo para a sugestão colar e ele não insistir.

— Combina com você.

Enrico se aproximou para mais um beijo, ainda melhor que o primeiro. O toque foi lento, demorado, envolvente e cheio de desejo. Ele levou os lábios ao ouvido dela, mordiscou o lóbulo de leve e sussurrou:

— Eu queria estar sozinho com você agora.

Clarissa tomou a decisão com uma clareza que a surpreendeu: Mel estava certa, era com ele que iria inaugurar a nova fase da sua vida.

— Podemos ir pra minha casa e ficar mais à vontade.

— Hum... uma mulher que sabe o que quer. Gostei.

Clarissa sabia, sim, e sorriu.

— Só preciso avisar para a minha amiga que estou indo embora. Eu te encontro na fila do caixa.

Eles se beijaram mais uma vez, e Clarissa decidiu começar a busca pelo bar. Ficou satisfeita ao ver Mel jogando todo o seu charme para um gringo. Foi até lá, colocou a mão de leve no ombro dela e cochichou:

— Tô indo me livrar das teias de aranha. Me deseja boa sorte.

— Tem certeza que é isso que quer? — perguntou Mel, por desencargo de consciência.

— Absoluta.

A amiga a puxou para um abraço.

— Se joga e curte cada momento, cada beijo, cada orgasmo. — Então se afastou um pouco. — E me liga amanhã pra dar o relatório completo, com riqueza de detalhes.

Capítulo 9

Quando chegaram ao carro, Enrico abriu a porta do carona, esperou que Clarissa entrasse e a fechou. A gentileza a encantou; Alê nunca tinha esse tipo de cuidado. Ela rapidamente balançou a cabeça, afastando qualquer pensamento sobre o ex para não estragar a noite.

Antes de sair da vaga, Enrico se virou para ela e a puxou para um beijo demorado e excitante, como se a achasse irresistível. Depois se afastou um pouco e encostou a testa na dela.

— Como você é... linda — disse ele. — Me diz que mora perto daqui.

— Acho que chegamos em uns dez minutos — respondeu ela, baixinho. — Moro em Ipanema, na Garcia D'Ávila. Sabe onde é?

Ele confirmou com a cabeça enquanto saía da vaga. Durante todo o trajeto, ele manteve a mão quente na coxa de Clarissa, que ainda não conseguia acreditar em tudo que estava acontecendo. Estava prestes a transar com Enrico!

— Pode parar na garagem — disse ela, mostrando o prédio. — Tem duas vagas. Dá uma buzinada para o porteiro ver que sou eu.

Ele fez o que ela pediu.

— Você deixou seu carro na boate?

— Não, fui de táxi com a minha amiga. Mas consegui uma carona melhor pra voltar. — Ela sorriu.

O portão abriu, e ela mostrou onde ele podia estacionar.

Entraram no elevador e ela apertou o terceiro andar. Assim que a porta fechou, Enrico a agarrou para mais um beijo, pressionando o corpo no dela até Clarissa ficar imprensada contra o espelho. Ela sentiu a ereção dele e seu sangue ferveu.

— Acho que nunca senti tanto tesão na vida — sussurrou ele.

Ela duvidava muito, pois imaginava que ele já tinha ficado com mulheres lindas, mas sabia, com toda a certeza do universo conhecido e desconhecido, que *ela*, Clarissa Brandão, nunca tinha sentido tanto tesão na vida. Parecia prestes a explodir ali mesmo, no elevador. A porta abriu no terceiro andar e ele a seguiu em direção ao apartamento. Clarissa abriu a bolsa para procurar a chave quando sentiu os lábios dele na nuca. Foi como tomar um choque. Ela destrancou a porta, se virou para ele e os dois entraram se beijando.

— Onde fica o seu quarto? — Os lábios dele estavam colados nos dela.

— Última porta à direita.

Ele a pegou no colo e a levou até lá.

— Você sempre foi a minha fantasia — confessou ela.

— E o que eu fazia com você nas suas fantasias? — provocou ele.

— Tirava a minha roupa e me beijava inteirinha. — A voz dela saiu rouca, irreconhecível.

— Ah, seu desejo é uma ordem.

Ele a virou de costas e abriu o zíper do vestido bem devagar, deixando o tecido escorregar pelo corpo dela em uma carícia lenta. Clarissa estremeceu quando Enrico afundou o nariz em seu pescoço, fazendo-a suspirar.

Ela se virou para ele, só de calcinha e sandália, os olhos brilhando de desejo, e começou a desabotoar sua camisa para ver o peito musculoso. Em pouco tempo a camisa estava no chão. Abaixando-se, ele beijou o seio dela e foi descendo até chegar à calcinha.

— Tão linda…

Enrico deslizou os dedos entre a pele e o elástico e puxou a peça até chegar aos pés dela. Depois se ajoelhou e lhe deu um leve empurrão para que ela sentasse na cama.

Trêmula de desejo, Clarissa não sabia onde ele a tocaria em seguida. Cada célula vibrava de antecipação.

Enrico segurou um dos pés dela, ainda calçado. Tirou a sandália e massageou os músculos doloridos. Para surpresa de Clarissa, ele beijou cada um dos dedos, antes de repetir o processo com o outro pé. Ela achou estranho e excitante, se retorcendo de prazer. Nunca havia se sentido tão poderosa, e se ouviu dizer com a mesma voz rouca e desconhecida de antes:

— Eu quero você agora.

Ele se livrou da calça e a deitou na cama, se posicionando em cima dela, sem parar de beijá-la. Os lábios traçaram uma trilha pelo pescoço de Clarissa e seguiram até os seios. Ela não conseguia registrar nada além das sensações que a envolviam. O cérebro tinha parado de funcionar, ela só conseguia sentir e reagir. Enrico lambia, chupava, beijava. Ela fechou os olhos e sentiu a mão dele escorregar até chegar ao ponto pulsante entre as pernas. Arfou e gemeu com os toques dele. Todos os pensamentos coerentes desapareceram, e ela se entregou às sensações. A respiração foi ficando mais ofegante à medida que o prazer aumentava e aumentava, de um jeito que ela nunca soube ser possível. Ela não estava preocupada com nada, só em sentir mais e mais. A explosão veio de repente, tomando-a por inteiro, e ela começou a repetir o nome dele sem parar.

Enrico continuou estimulando-a não apenas com os dedos e a língua, mas também com gemidos, suspiros e sussurros que descreviam tudo o que queria fazer com ela e que ela fizesse com ele. O jeito que ele falava era uma novidade que a excitava ainda mais.

— Me diz que tem camisinha — pediu ele.

Ela usou o pouco de razão que lhe restava para tatear a mesinha de cabeceira e abrir a gaveta. Ele pegou um preservativo, rasgou a embalagem com os dentes e o colocou.

Clarissa achou que já tinha chegado ao ápice da noite e que as coisas acabariam rápido agora, mas Enrico a surpreendeu ao se deitar e dizer:

— Pode fazer o que quiser comigo, Francesa.

Por um instante, ela ficou insegura. Ele pareceu perceber e a puxou para um beijo, colocando-a em cima dele. Ela se deixou levar pelos instintos e foi encaixando seus corpos bem devagar, como se estivesse tomando posse do que queria. Gemeu ao senti-lo completamente dentro dela e começou a se mover, buscando o próprio prazer de novo.

— Como você é gostosa — disse ele.

Suada e enlouquecida de desejo, ela se sentiu poderosa, ousada e sexy. Acelerou os movimentos, se entregando apenas às sensações. Quando estava prestes a explodir, ele inverteu as posições, ficando por cima de novo para aumentar o ritmo e a intensidade. Clarissa sentiu o prazer aumentar e o corpo começar a vibrar com uma energia pulsante, que parecia não ter por onde escapar. Enrico não parava de se mexer, gemendo, ofegando, elogiando, e ela achava que morreria de tanto prazer, mas queria mais. Ele falava mil coisas, mas a única palavra que Clarissa parecia capaz de pronunciar era o nome dele. Quando estava a ponto de não suportar mais, ela se desfez em ondas que iam e vinham, em um balanço que não queria que acabasse nunca. Enrico estremeceu, e ela sentiu o peso do corpo dele quando ele relaxou.

— Uau — disse ele baixinho, saindo de cima dela e puxando-a para aconchegá-la junto ao peito.

Clarissa suspirou e logo adormeceu.

A primeira coisa que notou ao abrir os olhos de manhã foi que estava sozinha na cama. Se espreguiçou, pensando na noite maravilhosa que tinha passado.

Levantou e foi até o banheiro. No espelho, seus olhos brilhavam, o rosto estava corado e o corpo, cheio de marcas. Ela sorriu ao se dar conta de que aquele tinha sido o melhor sexo da sua vida.

Depois de tomar um banho, foi para a cozinha comer alguma coisa. Tinha acabado de ligar a cafeteira quando viu um bilhete em cima da bancada.

Francesa,

Foi demais! Se quiser um repeteco, acho que sabe onde me encontrar.

Beijo doce,

Enrico

Ela não parava de sorrir enquanto esperava o café ficar pronto. Mel tinha razão, tinha sido igual a andar de montanha-russa. E ela com certeza ia querer um repeteco.

http://estilhacosdeumcoracaopartido.blogspot.com

CONSEGUI!

sábado, 2 de dezembro de 2000

Vocês não vão acreditar. Nem eu estou acreditando, na verdade.

Eu consegui!!!

Não só fiquei com alguém como transei! E foi tudo de bom nessa vida.

Agora eu entendo as pessoas que dizem subir pelas paredes de tesão. Foi exatamente como fiquei! Estou chocada.

Tipo, eu tive meu primeiro orgasmo.

Acho que eu não sabia transar direito antes. Ou talvez o Ex não soubesse? Ou talvez transar e fazer amor sejam coisas diferentes? Sei lá.

Não importa.

Só sei que nunca senti tanta coisa ao mesmo tempo. Não sei nem descrever. Vocês vão me achar muito brega se eu comparar com fogos de artifício? Acho que essa é a imagem que mais se aproxima de tudo que eu senti. Com o Ex, nunca chegou nem perto disso.

Não é que fosse ruim com ele. Era gostosinho, mas nunca chegou a ser espetacular.

Eu acreditava piamente que orgasmos múltiplos eram uma lenda urbana. Agora posso garantir que eles não só existem como são a coisa mais maravilhosa do universo.

Estou nas nuvens!

Beijos,

Drama Queen

Capítulo 10

Clarissa chegou esbaforida e um pouco mal-humorada a Petrópolis. Seguiu direto para o salão de beleza do Shopping Vilarejo. Maldita hora em que tinha prometido à mãe que se esforçaria para não estressar ainda mais a irmã, que estava uma pilha de nervos com os preparativos do casamento.

Assim que entrou, viu Dafne com a mão de molho e cara de poucos amigos.

— Você está atrasada!

Clarissa se sentou diante da manicure que esperava por ela, estendeu a mão e deu um sorriso, antes de responder:

— Caraca, Dafne. Ainda não inventaram teletransporte. Eu estava saindo pra ir à praia quando você ligou. Por que deixou pra me chamar em cima da hora?

— Ah, você não sabe como é difícil organizar um casamento.

— Não sei, não quero saber e tenho raiva de quem sabe, como você bem deve imaginar.

Dafne fungou e retrucou, com ar ofendido:

— Não precisa ser grossa, né? — Ela fixou o olhar na irmã. — Até que seu cabelo não ficou tão ruim quanto a mamãe disse. Só acho que você vai sumir no altar, e isso vai desequilibrar as fotos. Bem que você podia ter esperado pra cortar depois do casamento.

— O seu casamento era a última coisa que estava passando pela minha cabeça quando decidi cortar, Dafne. — A lembrança do momento de descontrole fez o rosto de Clarissa esquentar. — Além disso, a estrela do evento é você. O *seu* cabelo é importante. O meu não.

— Isso é verdade. — Dafne tirou a mão do molho, secou a ponta dos dedos na toalha e puxou a franja para trás. — Vou prender a parte da frente e deixar uma cascata de cachos descendo pelas costas. Você tem que ver a coroa que eu vou usar! Já te mostrei?

— Você vai ficar linda e tudo vai sair perfeito.

Dafne suspirou.

— Menos o altar, né? Ainda não sei com quem você vai entrar. E ainda bem que a mamãe sugeriu mudar a cor do seu vestido para uma bem vibrante, pra você não desaparecer entre os padrinhos.

A manicure pediu a outra mão e começou a empurrar a cutícula.

— Por que eu não posso entrar com o Gui?

— Porque ele vai entrar com a Joana, que é muito grandona e desajeitada. O Gui é alto e forte, acho que vai compensar o tamanho dela. Eu pedi pra ela ir de cabelo preso, porque ninguém merece aquela juba fora de controle.

— Dafne! O cabelo da Jô é lindo. — Clarissa estava indignada.

— Pra quem gosta do estilo anos 80, né? Parece que os cachos dela têm vida própria. Sem falar no frizz. Não sei por que ela não faz uma progressiva. Ia ficar perfeito para o casamento.

Clarissa se controlou para não responder. Ela se perguntou se algum dia sua irmã ia voltar ao normal. Lembrou de uma matéria que revisara na época de estagiária da *Eclética* sobre noivas que lutavam tanto pelo dia perfeito que se transformavam em monstros incontroláveis e agressivos, tanto que nos Estados Unidos eram chamadas de "bridezillas". Na época tinha achado um exagero, mas, ouvindo a irmã soltar absurdos e testemunhando as atitudes dela, reconheceu todos os sinais listados na matéria. Será que, se um dia se casasse, também ficaria assim? Ela esperava que não.

— Talvez seja melhor eu não entrar. Não vou ficar nem um pouco chateada se não for madrinha. — Clarissa torceu para a irmã achar a ideia brilhante, assim se livraria daquele show de horrores.

— Seria a melhor solução mesmo. Mas o que as pessoas vão dizer se a minha própria irmã não for madrinha?!

Ao ouvir a resposta, Clarissa não sabia se ria ou chorava. A irmã só queria sua presença por medo do que os outros iam falar? Quer dizer que o motivo não era o desejo de compartilhar com ela um momento tão importante?

A manicure a arrancou dos pensamentos.

— Que cor você vai passar?

— Uma bem forte. Um vermelhão, talvez. — Clarissa estava em dúvida.

— Vai ficar lindo. — A moça exibiu vidrinhos de tons diferentes, desde vermelho aberto até vinho bem fechado. — Tenho estas opções.

Clarissa apontou para um tom no meio do caminho, e Dafne resolveu opinar:

— Por que não passa Renda ou Via Láctea? Li na sua revista mesmo que homem prefere esmalte clarinho. Até perguntei pro Gab e ele confirmou.

Clarissa meneou a cabeça e estendeu a mão para a manicure.

— Então, o que você acha do Pedro?

— Nosso primo? Ele é o triplo do seu tamanho, tanto de altura quanto de largura. Perto dele, você é quase uma amostra grátis. — Dafne riu da própria piada, e Clarissa deu um sorriso amarelo. — Olha a desproporção. *Aff!* A gente tem que pensar nas fotos!

Os comentários sem noção não paravam de sair da boca da irmã. Mesmo horrorizada, Clarissa achou melhor deixar passar; afinal, segundo a reportagem, não adiantava argumentar com uma bridezilla.

— Vou deixar você e o Gab bem à vontade pra escolher quem vai entrar comigo. — Ela pensou um pouco e achou por bem colocar um limite: — Desde que não seja o Alê, pra mim qualquer um serve.

— Você acha mesmo que eu faria uma coisa dessas com você, Cla? Não quero ver o Alê na minha frente nem pintado de ouro. O Gui me contou tudo!

Ao mesmo tempo surpresa e aliviada com a veemência da resposta, Clarissa deu um abraço meio de lado na irmã, que até podia ter virado um monstro incontrolável, mas tinha lá seus momentos de doçura.

— Ai, cuidado pra não borrar o esmalte!

Dafne começou a falar sobre o estresse que estava enfrentando com as amigas que queriam que as filhas fossem daminhas. Clarissa se manteve muda, sem prestar a menor atenção, até que finalmente a manicure terminou de limpar os cantinhos borrados e passou uma camada de óleo secante.

Dafne fez questão de pagar a unha das duas, e Clarissa não discutiu; ela sabia que, na sua casa, todos achavam que o salário dela era uma miséria e juravam que sem a ajuda da família ela morreria de fome.

As duas saíram para o sol de fim de primavera e seguiram pelo shopping aberto, todo de madeira e tijolinhos, olhando as vitrines. Dafne contou que Gab estava esperando por elas em um bar no segundo piso.

Como o dia estava quente, elas o encontraram sentado a uma mesa no varandão. Dafne apressou o passo para falar com o noivo, mas Clarissa diminuiu o ritmo, sentiu o sangue fugir do rosto e as pernas ficarem bambas. Ela não acreditou quando viu quem estava com o cunhado.

— Oi, amor! — Dafne deu um beijo no noivo, tomando cuidado para não borrar as unhas. — Oi, Enrico! Legal encontrar você aqui.

— Oi, Daf! — Enrico se levantou e deu dois beijinhos nela.

Clarissa foi ficando para trás, mas Dafne sacudiu a mão para ela se aproximar.

— Anda logo, Cla! Eu, hein. — Ela se virou para Enrico. — Lembra da minha irmã? Ela mora no Rio agora, mas era aquela pré-adolescente que ficava enchendo o saco pra sair com a gente.

Clarissa queria que o chão se abrisse sob seus pés, mas ergueu o queixo e caminhou devagar até a mesa.

— Como eu poderia esquecer? — perguntou Enrico, avançando um passo e se abaixando para dar dois beijinhos em Clarissa também.

Ele parecia estar levando tudo numa boa, e Clarissa tentou responder à altura:

— Nossa, quanto tempo! Acho que eu não te reconheceria se te visse na rua. — Ela deu uma risadinha, e ele ergueu uma das sobrancelhas.

Dafne ficou olhando de um para o outro antes de puxar a mão do noivo.

— Mozinho, a gente vai ter que ir agora. Eu marquei com a florista lá em Araras pra me mostrar o estudo da *bottonière*. — Ela caprichou na pronúncia.

— Boto *o quê*? — perguntou Gab.

Dafne revirou os olhos.

— As flores na lapela dos padrinhos.

— Caraca, Dafne! — interveio Clarissa. — Você não disse nada sobre isso. Eu só vim pra resolver a questão da mudança do meu vestido.

— Ah, a gente resolve isso quando eu chegar em casa!

Clarissa suspirou e contou até dez, pensando que poderia estar na praia com Mel, contando tudo que tinha acontecido na noite anterior, em vez de ser pega naquela situação constrangedora.

— Tá bom — disse ela, sabendo que não adiantava discutir. — Já vi que só vai dar pra voltar pro Rio amanhã.

— Ah, melhor mesmo, assim a gente vê tudo com calma. — Dafne se virou para Gab. — Vamos, então. Não quero me atrasar, ainda tenho mil coisas para resolver.

— Peraí que eu tenho que pagar — pediu Gab.

— Pode deixar comigo. — Enrico deu um tapinha nas costas do amigo. — Na próxima você paga.

Dafne se aproximou da irmã e, em um arroubo raro de carinho, a abraçou.

— A gente se vê lá em casa. Obrigada por ter vindo me ajudar.

Clarissa retribuiu o abraço e sentiu outra onda de afeto pela irmã. A diferença de idade entre elas era de cinco anos, e ela adorava quando Dafne lhe dava atenção ou reconhecia algo que tinha feito.

Assim que o casal se afastou, Enrico olhou para Clarissa.

— Por que você não senta? Acho que eu mereço uma explicação.

Clarissa engoliu em seco e se sentou. Fez um sinal para o garçom para ganhar um tempo e pediu uma porção de pão de queijo e uma Coca-Cola. Enrico pediu mais um chope. Depois que o garçom se afastou, ele a encarou de novo.

— Então foi por isso que você não quis me dizer seu nome.

— Eu falei que você me conhecia. — O tom saiu bem defensivo.

— Mas não me disse quem era.

— E não me arrependo. — Clarissa levantou o queixo, num gesto claro de desafio e bravata. — Se você soubesse quem eu era, eu ia acabar a noite sozinha, ou com outra pessoa. Mas escolhi você.

— Com outra pessoa? — Ele se inclinou para ela, apoiando os cotovelos na mesa.

— É uma longa história. — E ela não sabia se queria dividir com ele.

— Eu tenho todo o tempo do mundo.

Clarissa olhou para o céu azul para pensar no que iria dizer. Sabia que não tinha feito nada de errado e não se arrependia nem um pouco do que acontecera. Mas, pensando bem, ela o tinha usado mesmo e ele merecia uma explicação. Voltando a olhar para ele, ela começou a falar.

— Bom, se você quer mesmo saber, eu acabei de sair de um relacionamento longo com o cara que pensei que fosse o amor da minha vida. Eu achava que ele era o meu príncipe. — Ela deu uma risada amarga. — Mas ele era só um sapo mesmo.

Enrico ficou sério e simplesmente assentiu, talvez se lembrando da própria história com Nanda, que partira o coração dele muito tempo antes ao trocá-lo pelo irmão. O pensamento fez o nervosismo de Clarissa voltar, e ela começou a falar bem rápido, quase atropelando as palavras:

— Ele foi meu primeiro… e eu estava com medo de não conseguir… hum… com mais ninguém. E a minha melhor amiga disse que eu não podia sublimar… hum… você sabe. E ontem foi o dia que eu escolhi pra não sublimar.

O garçom chegou com os pedidos. Clarissa enfiou um pãozinho de queijo na boca e empurrou o cesto, oferecendo um para Enrico, que negou com a cabeça.

Ele não disse nada. E ela sentia que precisava preencher o silêncio.

— Olha só, foi mal não ter dito o meu nome, tá? Mas eu estou em um momento difícil, e queria que fosse legal, e quando te vi eu sabia que ia ser legal. — Ela fez uma pausa e suspirou. — Acho que foi mais fácil rolar com um cara que eu já conhecia... e por quem tive uma paixonite na adolescência. Mas juro que eu não sabia que a gente ia voltar a se ver, tipo, no dia seguinte. Juro! — Ela cruzou os indicadores na frente dos lábios e deu um beijinho. Inverteu o cruzamento e beijou de novo.

Enrico riu do gesto infantil, e Clarissa se sentiu ridícula, mas também aliviada por ele ter esboçado alguma reação.

— Não precisa jurar. Nem *eu* sabia que ia estar aqui hoje — disse ele. — Então eu sei que não foi um plano arquitetado pra me fisgar.

— Eu também não sabia que ia estar aqui hoje! — Clarissa começou a gesticular, animada. — Eu estava prontinha pra ir à praia com a minha melhor amiga quando a Dafne me ligou e pediu ajuda com umas coisas do casamento. Óbvio que eu não queria vir, preferia mil vezes estar relaxando...

Enrico ergueu a mão para interrompê-la.

— Então você está dizendo que me usou pra ver se conseguiria transar com outro cara que não fosse o seu ex?

— Isso! Exatamente isso. — Clarissa enfiou outro pãozinho de queijo na boca, satisfeita por ter se feito entender.

Ele ficou olhando para ela, como se estivesse tentando decidir se ficava ofendido ou lisonjeado, e Clarissa falou por impulso:

— Gostei do bilhete que você deixou na cozinha. — Ela sorriu e olhou para ele. — Ainda vai querer o repeteco, agora que sabe quem eu sou?

— Por mais tentador que seja esse convite, acho melhor a gente ser só amigos.

Clarissa riu, porque não conseguia se imaginar sendo amiga de Enrico. Eles não tinham nada em comum: ele era um chef conhecido e empresário de sucesso em Petrópolis, e ela era só uma jornalista em início de carreira no Rio. Mas o sexo tinha sido maravilhosamente bom, espetacular na verdade, e ela queria muito, muito repetir para ver se seria incrível de novo ou se ela só tinha sentido aquilo tudo por causa do fator novidade. Foi quando surgiu uma ideia, e óbvio que as palavras saíram de sua boca antes que ela pensasse melhor:

— Caraca! A gente pode ser mais que amigos!

— Melhor parar por aí, Francesa. Eu conheço a sua família toda. Não tem como a gente ser mais que amigos.

Clarissa fez cara de sapeca.

— E se eu te disser que tem, sim, uma maneira? Tipo assim, eu queria que você fosse só um tiquinho mais que amigo. — Ela fez um gesto com o polegar e o indicador. — Eu estava pensando se você não quer ser... hum... meu PA.

— PA?

Ela sentiu que estava ficando vermelha, mas se obrigou a continuar:

— Hum... PA é pau amigo, tipo, amizade colorida, amigos com benefícios, sabe? Minha amiga tem um para os períodos de seca, como ela diz. — Ela percebeu que ele parecia chocado. — Eu sei que é estranho.

Enrico perguntou, incrédulo:

— Você me quer só pra transar?

— Exatamente. E a gente tem que manter segredo. — Ela arregalou os olhos à medida que explicava. — Ninguém pode saber do nosso trato. Mas, assim, eu gostei muito de... você sabe... com você... E, tipo assim, ter um PA neste momento me ajudaria *muito* a superar o meu ex.

— E o que um PA tem que fazer?

— Só... você sabe... — respondeu ela, com ar sério. — Você não precisa me levar pra jantar, comprar flores, visitar os meus pais, nem conversar comigo se não quiser. Só... você sabe...

— Transar? Trepar? Fazer sexo? Tantas opções, por que você não fala?

Clarissa sentiu o sangue começar a subir pelo pescoço e o rosto esquentar. Sabia que estava ficando ainda mais vermelha, e isso a fazia enrubescer mais, em um ciclo embaraçoso.

— Você deve estar me achando ridícula — falou baixinho, olhando para a cestinha de pães de queijo.

Ele pegou a mão dela em cima da mesa, mas, sem levantar o olhar, ela a puxou de volta, constrangida demais com a proposta que fizera.

— Na verdade, eu só queria entender a sua vergonha de falar sobre isso depois de tudo que a gente fez ontem à noite. E pelo visto você quer continuar fazendo.

O tom suave a fez erguer o olhar e se deparar com o sorriso dele de lado, o que lhe deu muita vontade de beijá-lo. Então, apesar da vergonha e do rosto vermelho, Clarissa resolveu apostar todas as fichas e perguntar da forma mais aberta que conseguiu:

— E aí, você aceita ser meu PA e transar comigo quando a gente quiser?

Enrico ofegou. Ela viu a expressão de desejo quando ele passou a língua nos lábios, mas mesmo assim ele não cedeu.

— Deve ter uma pegadinha nisso.

— Pegadinha nenhuma. Se um dos dois perceber que não quer mais, ou se conhecer alguém e quiser namorar, tudo bem. É só avisar o outro e vida que segue.

— Simples assim?

Ela concordou com a cabeça.

— Simples assim.

Ele passou a mão pelo cabelo e desviou o olhar.

— E se você se apaixonar por mim?

Clarissa começou a rir.

— Sem querer ofender nem nada, mas meu coração está estilhaçado. Nem se eu quisesse muito me apaixonar por alguém eu conseguiria.

Enrico continuou em um silêncio contemplativo, talvez pensando que nunca mais tinha se apaixonado por ninguém depois de Nanda. Ou talvez tivesse. Como Clarissa poderia saber? Quando o silêncio se estendeu, ela teve certeza de que tinha perdido a batalha e se sentiu um pouco rejeitada. Melhor desistir. Pelo menos tinha conseguido tirar as teias de aranha de um jeito espetacular. Ela curvou os ombros e disse:

— Ah, deixa pra lá, então. Não deve ser tão difícil assim conseguir um PA no Rio. Estou começando a sair de novo, e agora que já consegui… você sabe…

Clarissa achou melhor parar de falar. Enfiou o último pãozinho de queijo na boca, esvaziou a latinha de Coca-Cola no copo e fez um gesto para o garçom pedindo a conta.

— Pode deixar que eu pago tudo aqui — avisou, para Enrico não se sentir na obrigação.

Ele se inclinou sobre a mesa e cobriu a mão dela com a dele.

— Tudo bem, eu topo.

Clarissa puxou a mão rapidamente, olhando em volta.

— Mas ninguém pode saber — sussurrou ela.

— Ah, sim, o segredo é a alma do negócio. Aliás, que tal a gente selar o nosso trato agora?

Clarissa sentiu um pulsar entre as pernas e o coração acelerar. Levantou uma das sobrancelhas.

— Repeteco?

Ele deu um sorriso de lado antes de responder:

— Repeteco.

http://estilhacosdeumcoracaopartido.blogspot.com

TIRANDO O ATRASO

domingo, 3 de dezembro de 2000

Extra! Extra! Tenho um PA para chamar de meu.

Vocês não vão acreditar. Nem eu acredito, sendo bem sincera. Em dois dias eu transei mais do que no último ano inteiro, quando tinha namorado! E com muito, muito, muito mais prazer.

Para quem achava que nunca mais ia conseguir dar na vida, estou me saindo melhor que a encomenda. Tipo, um fim de semana de orgasmos múltiplos.

Sério, gente. Parecia que cada célula do meu corpo estava vibrando, com uma energia contida que ia ficando mais intensa e mais rápida até que todo o meu corpo explodisse no mais intenso gozo. Várias vezes. Foi incrível.

Sabe, enquanto eu estava com o PA, não pensei nenhuma vezinha no Ex, não lembrei do sofrimento, não pensei em nada. Só nas sensações que ele estava despertando em mim.

Descobri que sexo casual é um ótimo analgésico para o sofrimento.

O que vocês acham?

Beijos de uma Drama Queen feliz

Capítulo 11

Clarissa não via a hora de assumir o novo cargo na *Eclética*. Acordou cedo, bem-disposta e animadíssima para o primeiro dia de volta ao trabalho. Estava doida para participar da primeira reunião de pauta da sua vida e descobrir qual seria a sua matéria.

Fez tudo com calma: tomou café, leu o jornal, arrumou a cozinha, se trocou e se maquiou, depois avaliou o resultado no espelho. Queria passar a ideia de elegância sem esforço, como se tivesse pegado a primeira roupa que apareceu na frente, embora tenha demorado um tempão para decidir o que vestir: calça capri azul-marinho, camisa branca transpassada e acessórios dourados. Satisfeita com o que viu, calçou o tênis, guardou o scarpin na bolsa para colocar quando chegasse à redação e saiu.

A *Eclética* ficava no último andar de um prédio comercial na Visconde de Pirajá, e Clarissa podia ir andando para o trabalho, um luxo em uma cidade grande como o Rio de Janeiro. Chegou quinze minutos adiantada e foi direto para a copa pegar um café, já que não sabia onde seria sua nova mesa. Quando estava trocando o tênis pelo scarpin, a editora-chefe da revista entrou na copa.

— Nossa, dá pra ver que está animada! Até mudou o visual! Esse cabelo combinou demais com você.

Clarissa agradeceu, mas, como sempre acontecia, ficou vermelha ao se lembrar do real motivo por trás do corte.

— Vamos aproveitar que você chegou cedo e bater um papinho na minha sala antes da reunião de pauta?

— Vou pegar um café e te encontro lá — respondeu Clarissa. — Obrigada pela força.

Elizabete só podia ser descrita com superlativos: inteligentíssima, talentosíssima e chiquérrima. Além de excelente jornalista, sempre tratava os colegas e subordinados com respeito, estimulando, orientando, tirando dúvidas. Clarissa sabia que ainda estava começando, tinha muito que aprender e grandes desafios pela frente, mas se sentia tranquila por saber que Elizabete lhe daria toda a orientação de que precisasse para crescer na carreira.

Com a xícara na mão, ela seguiu para a sala da editora-chefe.

— Fico muito feliz de ver que está animada para continuar conosco, Clarissa. É um passo importante para você, e quero que saiba que mereceu muito ser efetivada. Você foi uma excelente estagiária.

— Obrigada! Estou superempolgada e cheia de ideias. E doida para pôr a mão na massa.

— Assim que eu gosto. Mas queria fazer um gerenciamento de expectativas antes da reunião. Na verdade, foi por isso que cheguei mais cedo hoje.

— Eu sei que vou ter muito trabalho — disse Clarissa, sorrindo.

— Sem dúvida. Mas o que estou tentando dizer é que não é porque foi efetivada que você vai poder escolher sobre o que vai escrever. Você pode trazer sugestões de pauta, a gente até encoraja isso. Mas os editores já têm uma ideia do que querem para cada número da revista.

— Sim, sim. Eu sei disso. — Clarissa tentou disfarçar a decepção.

— E você ainda é foca, então vai começar com as matérias menores para ir se ambientando. Vou acompanhar o seu trabalho de perto, junto com a Marisa, que é sua chefe direta, e com o tempo você vai começar a pegar matérias maiores e mais complexas. Mas não quero que se sinta desestimulada, porque esse foi o caminho de todo mundo aqui.

— Pode ficar tranquila. Estou muito feliz de ter sido efetivada e vou trabalhar duro para continuar crescendo.

Elizabete abriu um sorriso encorajador e empurrou a cadeira para trás para se levantar.

— Então a gente se vê mais tarde na reunião. Vou levar você até a sua estação de trabalho.

Clarissa ficou satisfeita ao ver que sua mesa ficava ao lado da de Alan, que, embora fosse um pouco mais velho que ela, era sua pessoa favorita na revista. Mas nem tudo eram flores. Do outro lado ficava a mesa de Juliana, uma jornalista que o que tinha de talentosa, tinha de venenosa. Na época do estágio, não perdia a chance de humilhar Clarissa, valorizando à décima potência qualquer erro que ela cometesse. Suspirou e torceu para as coisas mudarem agora que seriam colegas.

Começou a arrumar suas canetas coloridas, bloquinhos de post-it e cadernos de anotação enquanto tentava lidar com o balde de água fria que tinha sido a conversa com a editora-chefe. Ela havia achado que a vida seria diferente depois de ter sido efetivada, mas percebeu que precisaria conquistar seu espaço. Mesmo assim, otimista que era, decidiu focar o lado positivo e seguir o fluxo dos acontecimentos. Tinha separado algumas ideias de pauta para a reunião, mas o recado de Elizabete fora bem claro: melhor observar o andar da carruagem e não ir com muita sede ao pote. Com certeza não queria meter os pés pelas mãos. Clarissa deu um risinho. Tinha resumido a reunião com a editora-chefe com três frases feitas e conseguia pensar em mais algumas: devagar e sempre, a pressa é inimiga da perfeição, tudo ao seu tempo, quem espera sempre alcança, no fim tudo dá certo... Foi arrancada dos pensamentos por uma voz animada:

— Clarissa Maria de Jesus, você está um arraso. Esse cabelinho ficou tudo!

— Bom dia, Alan! — Ela se levantou e abraçou o amigo. — Que saudade! Doida pra saber as novidades das últimas duas semanas. Muitas viagens? — perguntou, já que ele trabalhava na editoria de turismo.

— Ah, vamos almoçar juntos hoje pra botar as fofocas em dia — respondeu ele. — Também quero saber das suas férias. Amei o bronzeado!

Bem nessa hora, o rapaz de TI chegou para configurar o e-mail e as senhas dela, interrompendo a conversa. Alan deu uma piscadinha e voltou a atenção para o próprio computador.

Elizabete começou a reunião de pauta dando as boas-vindas a Clarissa. A editora-chefe lembrou a todo mundo que ela agora era uma repórter, assinaria as próprias matérias e não faria mais serviço de estagiária, como ler e separar as cartas e os e-mails das leitoras e revisar as matérias dos colegas. Elizabete apresentou as pautas para o próximo número da revista e o chefe de cada editoria distribuiu as tarefas.

Clarissa ficou responsável por fazer o ranking dos filmes com maiores bilheterias do ano. Um pesadelo de pesquisa, telefonemas e e-mails que ninguém queria e, justamente por isso, foi parar nas mãos da novata. Mas, como estagiária, Clarissa vivia fazendo pesquisa de dados para os outros jornalistas e já sabia o caminho das pedras. Pelo menos dessa vez estaria fazendo para uma matéria que ela mesma escreveria, por menor que fosse.

Depois da reunião, ela foi direto para o banheiro feminino. Quando saiu do reservado, Juliana estava retocando a maquiagem.

— Vi que você ficou com o ranking de bilheteria dos filmes. — Ela baixou o batom e olhou para Clarissa pelo espelho. — Que pena pra você! E que sorte pra todo mundo. — Deu risada.

— Eu amei ficar com essa pauta — rebateu Clarissa, abrindo a torneira.

Juliana continuou olhando para ela pelo espelho.

— Tem mau gosto pra tudo nessa vida. Aliás, alguém já te disse que você tá parecendo um pivete com esse corte de cabelo?

Juliana parecia ter um radar para detectar o ponto fraco das pessoas. Nos tempos de estagiária, Clarissa nunca retrucava os comentários ferinos dela, mas resolveu que, agora que também era jornalista, precisava mudar de atitude.

— Ainda bem que quem tem que gostar do meu cabelo sou eu.

Juliana revirou os olhos.

— Você e seu namoradinho, né? Você faz tudo pra agradá-lo, se não me falha a memória.

O rosto de Clarissa ardeu.

— Eu não tenho mais namorado.

— Ah, tadinha! — A outra fez uma cara de falsa compaixão, que se misturou com o ar debochado. — Caiu na armadilha de mudar de look pra lidar com o pé na bunda…

Clarissa sentiu a raiva começar a borbulhar, mas não podia armar um barraco logo no primeiro dia de efetivada. Deu um sorriso tão falso quanto o da colega, pegou papel para enxugar as mãos e se virou para sair. Quando estava quase na porta do banheiro, Juliana continuou com o ataque:

— Acho que você não vai arranjar ninguém tão cedo. Sério, esse corte tá péssimo.

Clarissa não aguentou. Não ia mais permitir que Juliana a tratasse daquele jeito. Tomou coragem, invocou sua Dafne interior e retrucou:

— Acho que você devia ler a coluna de moda. Cabelo curto está em alta, se bem que não é pra qualquer uma. — Ela olhou para a colega com atenção. — Acho que não cairia bem em você, com esse rosto largo. O cabelo comprido ajuda a disfarçar o bochechão.

Clarissa pontuou o discurso com um sorriso falso e aproveitou o silêncio estupefato de Juliana para escapulir do banheiro, se sentindo vitoriosa.

Na hora do almoço, Alan e Clarissa escolheram um restaurante um pouco mais afastado da redação. Fizeram o prato no bufê, pesaram e se sentaram a uma mesa no canto. Depois que pediram as bebidas, Clarissa deu mais detalhes sobre o término traumático com Alê e o amigo declarou:

— Pois ele que está perdendo! Pode ter certeza.

Clarissa amava quando as pessoas a defendiam. A cada vez que isso acontecia, se sentia acolhida e validada no próprio sofrimento, o que a fortalecia um pouco mais.

— Ah, você só está dizendo isso porque é meu amigo.

— Imagina! Você é linda, inteligente e talentosa. Só precisa ser um pouco mais moderna e arrojada.

— Pois saiba que estou me sentindo muito moderna — declarou Clarissa. — Moderníssima, na verdade.

— Só porque cortou o cabelo?

Ela passou a mão nos fios curtos e olhou para Alan, sabendo que o que estava prestes a dizer ia surpreendê-lo.

— Porque eu tenho um PA. Pau amigo.

Ele levou as duas mãos ao rosto, tendo exatamente a reação que ela esperava.

— Eu sei o que é um PA, mas nunca pensei que fosse ouvir isso de você, a garota mais certinha e apaixonada do planeta.

Clarissa riu e se preparou para chocar ainda mais o amigo.

— Eu não sabia que sexo casual podia ser tão bom.

Ele também riu, mas logo ficou sério, balançando a cabeça.

— Eu já passei da fase de sexo casual. Agora, tudo que eu quero é ter um relacionamento sério. Estou cansado de casinhos. As últimas viagens que fiz pra revista me mostraram isso.

— Ah, tenho certeza que você vai encontrar alguém. — Clarissa pegou a mão do amigo e deu uma apertadinha. — Quando você viaja de novo pra fazer a sua matéria?

— Na sexta. Vai ser bom passar o fim de semana em um spa, sendo paparicado, com tudo pago pela revista.

— Nem fale. — Clarissa suspirou. — Meu sonho é ir pra editoria de turismo. Mas sei que é o lugar mais concorrido. Né?

— Você nunca me falou isso! — Eles se levantaram para ir até o caixa. — Se pintar uma oportunidade, eu indico o seu nome.

— Caraca, Alan! Você faria isso?

— Claro! Você é uma ótima jornalista e uma ótima colega de trabalho.

Eles pagaram a conta e voltaram para a *Eclética*, onde Clarissa logo arregaçou as mangas e mergulhou nas pesquisas. O dia passou voando enquanto ela começava a longa caça por informações, começando pelas pastas de clippings. Foi seguindo mês a mês, anotando as datas de lançamento, premiações e o período em que cada filme ficou em cartaz. Também buscou matérias de críticos de cinema do jornal *O Globo* e das revistas *Veja* e *Época*. Antes de encerrar o expediente, salvou todas as informações relevantes que conseguiu reunir e preparou uma lista das produtoras dos principais filmes para ligar no dia seguinte e tentar conseguir dados numéricos mais confiáveis.

Quando finalmente desligou o computador e trocou o scarpin pelo tênis, estava satisfeita com sua produtividade. No caminho para casa, pensou que aquela não era a primeira matéria que teria escolhido para escrever, mas com certeza seria perfeita para mostrar suas habilidades de jornalista.

http://estilhacosdeumcoracaopartido.blogspot.com

SÓ PENSO *NAQUILO*

segunda-feira, 4 de dezembro de 2000

Não consigo parar de pensar no PA e em tudo que ele me fez sentir. Quero muito ligar pra ele para marcarmos mais uma transa, mas não sei se devo esperar um pouco. O que vocês acham? Ligo ou não ligo? Isso tudo é novo para mim.

Eu falei sério quando disse que nunca me interessei muito por sexo. Mas agora estou igual à Dona Bela da *Escolinha do Professor Raimundo*: só penso NAQUILO! Logo eu, que julgava tanto a Doidinha por liberar geral.

Estou até pensando em testar com outras pessoas, sabe? Para poder chegar a uma conclusão melhor sobre o assunto. Porque estou achando que realmente o Ex não sabia fazer as coisas direito. Ou talvez o PA que seja bom demais, né?

Mandem conselhos, porque estou perdidinha.

Beijos de uma Drama Queen que quer dar

Capítulo 12

Uma matéria, por mais simples que parecesse, tinha sempre a possibilidade de se transformar em algo além. Para Clarissa, essa era a magia do jornalismo. Depois de descobrir que a maior bilheteria de 2000 havia sido a do filme brasileiro *O auto da compadecida*, a curiosidade a fez continuar pesquisando. Como o longa era derivado de uma minissérie em quatro capítulos exibida na TV Globo, resolveu mandar um e-mail para a assessoria de imprensa da rede de televisão para conferir os dados de audiência da época. Ao abrir o Outlook, porém, viu dois e-mails não lidos: um de Enrico e outro de Alê. Não teve dúvidas de qual abrir e qual mandar para a lixeira.

De: enrico.muller@compuland.com.br
Para: c.brandao@revistaecletica.com.br
Assunto: repeteco

Oi, Francesinha linda!
Acordei hoje com vontade de você. Que tal um repeteco?
Vamos combinar?
Beijo doce,
PA

Clarissa amou ele ter usado a mesma despedida do bilhete que deixara para ela após a primeira noite e assinado como PA. Clicou no botão de responder e digitou rapidamente:

De: c.brandao@revistaecletica.com.br
Para: enrico.muller@compuland.com.br
Assunto: Re: repeteco

Querido PA,
Será um prazer (literalmente) recebê-lo.
Mas vou ficar um tempo sem ir para Petrópolis.
Se quiser repeteco, sabe onde me encontrar ;)
Beijinhos,
Francesa

Clarissa voltou a atenção para o trabalho e, enquanto redigia o e-mail pedindo os números de audiência da minissérie, viu aparecer um envelopinho no canto inferior direito da tela. Sentiu o coração disparar imaginando que fosse outra mensagem de Enrico, mas era um e-mail de Elizabete convocando a equipe para uma reunião extraordinária depois do almoço. Ela até se sentiu importante com a segunda reunião em uma semana.

— Alan, você sabe sobre o que é essa reunião? — perguntou ao colega da estação vizinha.

— Não faço a mais pálida ideia.

Juliana entrou na conversa:

— Pela minha experiência, reunião de última hora tem a ver com alguma mudança estrutural que afeta todo mundo.

Enquanto todos conjecturavam sobre o possível assunto, Clarissa começou a organizar melhor as informações que já tinha conseguido. Aquela matéria poderia ser escrita de tantas formas diferentes: fria, com dados numéricos; comparativa, abordando as semelhanças e diferenças entre cada um dos filmes; emocionada, exaltando a cultura nacional. Clarissa sabia bem qual queria escrever e qual a revista queria que ela escrevesse.

Quase na hora da reunião que tinha deixado todos em polvorosa, recebeu mais um e-mail de Enrico propondo que se encontrassem na casa dela no dia seguinte. Sorrindo, demorou um pouco para responder. Acabou sendo uma das últimas a chegar à sala de reuniões, e Alan fez um sinal para ela se sentar ao lado dele.

— Boa tarde, gente! Marquei essa reunião com toda a equipe porque quero dividir com vocês algumas mudanças que estão acontecendo na revista.

Lançando um olhar de superioridade para Alan e Clarissa, Juliana perguntou, apenas mexendo os lábios: "Eu não disse?" Elizabete explicou que o Grupo Castanheda, que tinha a *Eclética* entre suas publicações, estava expandindo sua presença na internet e que havia chegado a vez de a revista ter uma página no portal do grupo. Escolheram algumas matérias para serem adaptadas e publicadas online, mas queriam também colunas exclusivas, no formato de blog, voltadas para o público feminino.

— Então, se alguém tiver alguma ideia, pode apresentar para mim. Temos interesse em assuntos de sexo, relacionamentos, carreira, lazer, moda...

Clarissa achou esse movimento muito acertado, porque já tinha observado que seu blog vinha crescendo, principalmente depois que usara o mailing da revista para atrair mais leitoras. No entanto, com certeza não pensava em escrever profissionalmente sobre relacionamentos; sua meta continuava sendo a editoria de turismo.

— Na verdade, eu recebi um e-mail com o link de um blog novo muito interessante — continuou Elizabete. — O nome é Estilhaços de um Coração Partido, escrito por uma pessoa anônima que assina como Drama Queen. Já ouviram falar? É tudo muito exagerado, mas a autora faz jus ao codinome.

Clarissa ficou vermelha e deu graças aos deuses por ninguém estar olhando para ela.

— O conteúdo desse blog é muito autêntico — continuou Elizabete. — A escrita é simples, direta e extremamente sincera, e tem uma abordagem bem confessional. A autora sempre pede conselhos e sugestões, e isso pelo jeito deixa as leitoras à vontade para falar sobre as próprias dores e opinar sobre tudo. Em alguns posts, a seção de comentários vira quase uma sala de bate-papo.

— Eu recebi uma sugestão para ler esse blog também — disse Juliana. — Mas achei o conteúdo dramático demais.

— Concordo que no início o tom era exagerado mesmo — respondeu Elizabete. — Mas parece que a autora está levando o desabafo às últimas consequências. Ela contou que bateu no carro do ex! — A editora-chefe deu risada. — Quem nunca teve vontade de fazer isso?

— Hum… Tô até com medo de ler — cochichou Alan para Clarissa. — Essa Drama Queen deve ser louca de pedra, do tipo psicopata que fica atrás do ex.

Clarissa deu um sorrisinho sem graça e manteve os olhos fixos na editora-chefe.

— O mais incrível é que o número de comentários não para de crescer, e a Drama Queen responde cada um deles — continuou Elizabete. — O blog é bem novo, acho que tem menos de um mês, mas está bombando, como dizem por aí. Já mostrei para algumas pessoas da diretoria e todo mundo adorou. Então aconselho que vocês deem uma olhada, pois é bem o tipo de blog que eu vejo para a *Eclética* no portal do Grupo Castanheda.

Clarissa estava chocada. Como assim a editora-chefe seguia o blog? Ela já havia percebido que tinha algumas leitoras fiéis, sempre prontas para acolher e aconselhar. Mas nunca, jamais, em momento algum poderia imaginar que uma delas fosse Elizabete.

— Estou pensando seriamente em entrar em contato com a Drama Queen para trazer o blog dela para o nosso portal, mas antes quero saber o que a equipe propõe.

Quando a reunião terminou, Clarissa saiu praticamente correndo da sala, sentindo-se agitada, mas sem saber como agir. Por sorte, ao sentar na frente do computador, encontrou a resposta da assessoria de imprensa da TV Globo informando que a minissérie *O auto da compadecida* alcançara trinta e cinco pontos de audiência segundo o Ibope, com pico de quarenta no último episódio. Começou a escrever a matéria que a revista queria, mas estava bem longe de se sentir satisfeita com aquilo. Sabia que tinha mais história para contar, só precisava encontrar uma maneira de abordar o assunto com Elizabete.

http://estilhacosdeumcoracaopartido.blogspot.com

NOVIDADES!

terça-feira, 5 de dezembro de 2000

Caraca! Nem precisei ligar para o PA para ele vir apagar o meu fogo, que está mais para um incêndio. Acho que ele está com tanto fogo quanto eu, porque me mandou um e-mail fofo perguntando se quero repeteco.

A Doidinha leu a nossa troca de mensagens e disse que pelo jeito ele quer mais do que sexo. Mas eu sei que não. Conheço o PA há muuuuuuito tempo, e ele não namora. Nunquinha. É do tipo que fica duas, no máximo três vezes com uma garota. Isso tem a ver com uma ex-namorada que estilhaçou o coração dele muitos anos atrás, da pior forma possível. Tipo, todo mundo na nossa cidade ficou sabendo. Tadinho. Foi punk mesmo, eu superentendo o trauma. E nem adianta me perguntar, porque essa não é uma história minha para contar...

Mas vamos ao que interessa: o meu encontro de amanhã :)

Como ele me surpreendeu com um e-mail fofo, quero surpreendê-lo também, com alguma coisa bem sexy e inesperada.

Quem tem dicas para essa Drama Queen que está começando a aprender mais sobre sexo?

Beijos,

Drama Queen

Capítulo 13

Clarissa não sabia como tinha conseguido controlar a excitação durante o dia. Só pensava no encontro da noite com Enrico. Saiu da redação apressada e tomou um banho rápido assim que chegou em casa. Depois, vestiu a lingerie sexy, toda de renda, que havia comprado para a ocasião e, seguindo o conselho das leitoras, resolveu não usar nada além disso.

Já tinha pedido ao porteiro para deixar Enrico parar na vaga e subir direto. Sentia um frio na barriga, pois nunca tinha feito nada sequer parecido, e estava um pouco insegura. Mas não tinha nada a perder, já que não precisava impressionar nem tentar ser perfeita. Era libertador fazer o que lhe desse na telha.

Quando a campainha tocou, ela sentiu o coração disparar. Deu uma espiada pelo olho mágico só para garantir e abriu a porta com um sorriso.

— Prontinha para te receber.

Enrico ficou boquiaberto e imóvel, o que a deixou tensa, achando que talvez ele não tivesse gostado. No entanto, para alívio dela, ele soltou a mochila ao lado da porta, tomou-a nos braços e a beijou. Ela não perdeu tempo: deu um impulso e envolveu a cintura dele com as pernas. Ele a levou até o sofá e se sentou, mantendo-a no colo.

— Nossa, isso que é recepção — sussurrou no ouvido dela.

Clarissa o silenciou com um beijo.

— Eu quero você agora — declarou, já pegando o preservativo que tinha deixado, estrategicamente, na mesinha de apoio.

— Pra que a pressa? A gente tem a noite toda. — Enrico parecia hipnotizado vendo-a abrir o pacotinho com os dentes. Ele totalmente vestido, ela só de lingerie.

— Você não tá entendendo. Eu preciso. Agora.

Ainda montada nele, Clarissa abriu a calça de Enrico, colocou o preservativo nele, puxou a calcinha para o lado e foi descendo até se encaixar perfeitamente. Estava morrendo de tesão e não queria esperar. Só queria sentir o prazer de estar com ele.

— Que delícia que você é. — A respiração dele estava ofegante.

A voz de Enrico a excitava. Clarissa apoiou as mãos nos ombros dele enquanto buscava o próprio prazer, aumentando e diminuindo o ritmo, beijando, lambendo, sussurrando no ouvido dele o que queria que ele fizesse. Gemeu quando ele tirou seu sutiã rendado e ofegou quando ele sugou o mamilo duro. Sentiu o corpo estremecer e o pulsar no meio das pernas ficar mais intenso, vindo em ondulações crescentes. As pulsações enfim tomaram seu corpo inteiro e ela se rendeu a um gozo intenso, que se concretizou com o nome dele escapando pelos seus lábios em um gemido rouco.

Enrico apoiou a cabeça no encosto do sofá, e Clarissa aninhou a dela na curva do seu pescoço, inebriada pelo cheiro dele, uma mistura de perfume, sabonete e pele, um aroma que ela sempre associaria ao prazer e ao sexo. Ele escorregou a ponta dos dedos pelas costas dela em uma carícia sutil, e ela estremeceu, sentindo o próprio sexo se contrair em resposta, mostrando que estava pronta para a segunda rodada que ela sabia que viria. Mas, assim como ele, ela precisava de um tempinho.

Os dois ficaram na mesma posição por alguns momentos, tentando recuperar o fôlego.

— Uau, você me surpreendeu.

— Eu disse que estava pronta pra te receber — brincou ela, sonolenta depois do orgasmo intenso.

Rindo, ele levantou com ela ainda no colo e a levou para o quarto, onde a deitou na cama e foi para o banheiro se livrar do preservativo. Quando voltou, Clarissa estava recostada nos travesseiros esperando por ele.

— Você é uma caixinha de surpresas. — Ele se acomodou ao lado dela, aconchegando-a nos braços.

— Você não imagina como eu estava precisando do meu PA.

— Nem deu pra perceber. — Ele riu. — Mas a noite é uma criança, e uma rapidinha não passa nem perto de ser o que eu quero pra hoje.

— Hum... Você está me acostumando mal, Rico.

— Rico? Que intimidade é essa?

— Intimidade de quem te recebeu só de calcinha e sutiã.

Ele deu um sorriso de lado e se virou para um beijo carinhoso.

— Que tal a gente comer antes do segundo round? — sugeriu.

— Perfeito! Podemos pedir pizza ou algo assim.

— Eu pensei em preparar alguma coisa pra gente — disse ele. — Até trouxe uma garrafa de vinho.

— Nossa, você realmente está me acostumando mal — respondeu ela para disfarçar a surpresa.

Clarissa pensou nos comentários de Mel sobre Enrico parecer querer mais do que sexo puro e simples, mas meneou a cabeça, espantando o pensamento. Queria aproveitar a noite sem grilos e neuras. Além disso, ele era um chef, era normal que quisesse cozinhar, né? Ele seguiu para a cozinha enquanto ela, usando um robe por cima da lingerie, foi para a sala e colocou uma coletânea da Sade para tocar. Logo os acordes de "Your Love Is King" tornaram o ambiente ainda mais sexy.

Enrico estava esperando por ela na bancada da cozinha já com duas taças cheias de vinho. Brindaram, e ele abriu a geladeira e alguns armários.

— O que você vai conseguir fazer com o que eu tenho em casa?

— Acho que tem todos os ingredientes para uma tortilha.

— Hum... Igual à do Touro Louco? Adoro!

Ele assentiu e Clarissa tomou um gole de vinho.

— E como foi a sua semana, Francesinha?

Clarissa não esperava que ele se interessasse pela vida dela, mas tinham que conversar enquanto ele cozinhava, né? Então contou animada sobre a matéria que estava escrevendo.

— Seus olhos brilham quando você fala do seu trabalho. — Ele se debruçou na bancada e deu um beijo na ponta do nariz dela.

— Porque eu amo o que faço — respondeu ela. — Meus pais queriam muito que eu me formasse em administração e fosse trabalhar na fábrica ou nas lojas da Brand, como o Gui e a Dafne.

— Sei bem como é. Quando meus pais viram que medicina não tinha nada a ver comigo, queriam que eu fizesse administração para cuidar da Clínica Müller com o Heitor.

— Ah, eu lembro disso! Você estudou com a Dafne e...

— Isso. — Ele a interrompeu antes que ela falasse o nome de Nanda. — Eu quase me formei em administração junto com ela. Mas só concluí o curso quando voltei de vez da Espanha.

— Esse é o sonho do meu pai e da minha mãe: que eu volte de vez pra casa.

Ele olhou para ela com a cabeça um pouco de lado, como se a estivesse avaliando.

— Petrópolis é pequena demais pra você.

Ela ofegou ao ouvir aquilo. Como uma pessoa que nem a conhecia direito conseguia resumir tão bem os sentimentos dela?

— Eu amo Petrópolis, mas descobri que gosto de viver em cidade grande. Lá todo mundo sabe da vida de todo mundo. Tem muito julgamento. Isso me incomoda.

— Imagina quando você é um cara... Como foi mesmo que você disse lá na boate?

— Famosinho? — Ela riu.

— Isso. Metade do que falam de mim não é verdade.

Ela o encarou com ar de dúvida. Enrico abriu a boca para falar mais alguma coisa, mas Clarissa o interrompeu:

— Um brinde à liberdade carioca.

— Um brinde a esta noite.

Eles bateram as taças e tomaram um gole de vinho antes de começarem a conversar sobre os planos dele de abrir um segundo restaurante em Petrópolis, dessa vez no distrito de Itaipava, que estava crescendo muito. Clarissa ficou observando, encantada com a forma como ele organizava os ingredientes. Enrico era lindo, sexy e inteligente. E gostoso demais. Uma combinação explosiva.

Mesmo sendo uma negação na cozinha, ela se ofereceu para ajudar, mas ele recusou, dizendo que já tinha o jeito dele de fazer as coisas e que o preparo era bem rápido. Ela não insistiu, só ficou tagarelando enquanto ele preparava tudo. Quando contou sobre as aulas de caratê, ficou surpresa ao saber que ele também lutava.

— Eu posso te ajudar com os *katas* se você quiser — ofereceu ele.

— Caraca! Sério mesmo?

Ele riu da empolgação dela e concordou com a cabeça, sem tirar a atenção das batatas que estavam dourando na frigideira.

— Claro! Eu pratico desde moleque.

Clarissa logo se animou.

— Estou pegando o jeito dos movimentos, mas o mais difícil pra mim são os gritinhos, sabe? Não acertei o tom, a intensidade nem o momento. E fico morrendo de vontade de rir na hora.

— Gritinhos? — Ele meneou a cabeça com ar de riso. — Você não quer dizer *kiai*?

Clarissa franziu o nariz.

— Também tenho dificuldade com esses nomes todos.

— Quando você for pra Petrópolis, vamos marcar lá em casa. — Ele acrescentou a mistura de ovos em cima das batatas já douradas. — Tem espaço pra gente treinar juntos. E ninguém vai ver.

Ela adorou a proposta. Nada mais justo do que ela conhecer a casa dele, já que ele conhecia a dela.

Enrico serviu a tortilha em dois pratos e os levou para a mesa, e eles comeram em um clima agradável, conversando sobre vários assuntos. Quando terminaram, ele começou a empilhar a louça para levar de volta para a cozinha.

— Pode deixar aí que eu lavo — disse ela.

Antes que ele tivesse a chance de responder, ouviram a campainha, e ele colocou os pratos de volta na mesa.

— Está esperando alguém?

Clarissa negou com a cabeça e permaneceu imóvel, com medo de ser o pai ou um dos irmãos. Se bem que eles não costumavam aparecer sem avisar, principalmente em dia de semana.

— Clarissa! — chamou uma voz. — Eu sei que você tá em casa. Estou ouvindo música aí dentro.

Ela sentiu o sangue gelar nas veias.

— Já vai! — gritou para a porta.

Ela se levantou, puxou Enrico em direção ao quarto e cochichou:

— É o meu ex.

— O que ele tá fazendo aqui?

Boa pergunta. Devia ser algo importante para ele despencar de Petrópolis para o Rio no meio da semana. Será que ele queria pedir perdão? Queria voltar? Ou será que havia descoberto que ela tinha batido no carro dele e viera cobrar a conta?

— Não sei — respondeu baixinho.

— Eu posso ir lá e me livrar dele pra você. — O tom de Enrico era protetor. — Você não parece muito confortável com a presença do seu ex aqui.

A campainha soou novamente, e Clarissa se sobressaltou.

— Melhor eu ir ver o que ele quer e resolver isso logo — disse ela. — Se ele vir você aqui, Petrópolis inteira vai ficar sabendo, e essa é a última coisa que eu quero neste momento.

Enrico não discutiu, mas era evidente que não estava gostando nada de ficar escondido no quarto enquanto ela ia falar com Alê.

Capítulo 14

Clarissa não sabia qual seria sua reação ao ver o ex-namorado depois de quase três semanas. Claro que estava com raiva, mas não podia negar que ainda gostava dele. Por isso mesmo, tinha cortado todas as formas de contato e decidido ficar um tempo sem ir para Petrópolis. Respirou fundo, jogou os ombros para trás e passou a mão no cabelo curto. Parou na frente da porta e abriu uma frestinha mínima.

Quando os olhares se encontraram, sentiu uma fisgada no peito e o nariz começou a pinicar. Depois de tudo que acontecera, como era possível que ele continuasse mexendo com ela daquele jeito?

— Alê, o que você tá fazendo aqui? — A voz saiu estrangulada.

Ele deu um passo em direção à porta e colocou a mão na maçaneta, mas não tentou forçar a entrada.

— Você não respondeu o meu e-mail e não retornou a minha ligação.

— Acho que isso é uma boa dica de que não quero falar com você.

— Abre a porta, me deixa entrar — pediu Alê. — A gente precisa conversar.

O tom de súplica quase fez Clarissa amolecer, mas o lado racional rapidamente assumiu o comando, lembrando-a de que ele tinha partido seu coração naquele exato lugar. Além disso, Enrico estava ali e eles estavam tendo uma noite perfeita até serem interrompidos.

— Da última vez você não quis nem entrar, preferiu me dar um pé na bunda aqui na porta mesmo. Só estou retribuindo o tratamento. Agora, fala logo o que você quer que eu tenho mais o que fazer.

Alê empurrou um pouco a porta, pegando Clarissa de surpresa. Ela foi rápida em esticar o pé para impedir que se abrisse demais, mas bastou para que ele a visse melhor.

— O que foi que você fez com o seu cabelo?

A expressão de choque no rosto de Alê a magoou, mas ele tinha perdido o direito de opinar sobre a aparência e a vida dela no instante em que a traiu. Ela ergueu o queixo e rebateu:

— Tirei pra lavar.

Ele desceu o olhar e fez uma cara de descrença quando viu como ela estava vestida, deu uma olhada para dentro do apartamento e percebeu a mesa bagunçada do jantar e as duas taças de vinho.

— Não faz nem um mês que a gente terminou e você já está recebendo homens no seu apartamento?

— Como você se atreve?! Pelo menos eu esperei a gente terminar. E você, que antes de me dispensar já estava *namorando outra*?

Clarissa tentou bater a porta na cara do ex, mas ele a segurou.

— Eu preciso conversar com você, Cissa. — Ele olhou para ela com aquele olhar como se fosse Natal que sempre fizera o coração dela derreter. — Tem tanta coisa acontecendo, e eu preciso de você. Você sempre foi a minha melhor amiga.

Era só o que faltava. Clarissa sentiu a raiva começar a borbulhar dentro dela até quase se transformar na fúria incontrolável de quando descobriu a traição. Estava a um passo de partir para a agressão, mas lembrou que precisava se controlar se quisesse manter Enrico no quarto. Então disse em voz baixa e firme:

— Eu quero que você suma da minha frente e não volte nunca mais.

— Cissa, não faz isso. Não vira as costas quando eu mais preciso de você. — Os olhos dele ficaram cheios de lágrimas e ele os enxugou com as costas das mãos. — Minha vida tá uma confusão. Bateram no meu carro, e tive que pedir dinheiro emprestado pro meu padrasto pra pagar a franquia do seguro…

Clarissa sentiu uma pontada de culpa misturada com alívio por ele não desconfiar de que tinha sido ela a responsável pela batida. Ficou com vontade de jogar isso na cara dele só para ele perceber que ela não era a idiota que ele achava que era, mas sabia que isso acabaria se voltando contra ela.

— E o que você quer que eu faça, Alê? Que eu resolva todos os seus problemas? Que seja o seu ombro amigo? Acho melhor procurar uma psicóloga, ou a sua nova namorada.

— Ela não me entende. Não como você…

Caraca! Era muita cara de pau.

— Alê, é melhor você ir embora e não voltar nunca mais. Vou avisar na portaria que você está proibido de subir.

Chocado com o tom decidido, Alê percebeu que não ia ganhá-la pela emoção e decidiu partir para o ataque.

— Olha só pra você, agindo como a piranha da Mel.

— Lave a sua boca pra falar da minha amiga.

Ele fez cara de nojo.

— Ela é uma piranha e você está agindo como uma. Esse cara aí só quer te comer.

— Melhor isso do que um namorado que não me comia há meses, né? — rebateu ela.

Ele deu um passo para trás, como se as palavras o tivessem empurrado. Ela aproveitou a oportunidade para bater a porta e virar a chave.

— Você vai acabar quebrando a cara — gritou Alê.

— Quebrar a cara é moleza. Difícil mesmo é lidar com o coração partido — retrucou ela, antes de avisar: — Se você não for embora agora mesmo, eu vou chamar a polícia.

Ele deu um soco na porta, assustando Clarissa. Então ela ouviu os passos dele seguindo pelo corredor e espiou pelo olho mágico. Quando o viu entrar no elevador, encostou a testa na porta, sentindo o coração se partir mais uma vez.

Mesmo arrasada, Clarissa ficou satisfeita por ter conseguido mandar Alê embora. Só que agora se perguntava se teria sido capaz de despachá-lo caso Enrico não estivesse esperando por ela no quarto.

Ouviu quando ele abriu a porta, mas ainda estava abalada demais para encará-lo. Não aguentaria se deparar com a expressão de pena que sabia que veria. Manteve a testa encostada na porta e os olhos fechados, concentrando-se apenas em se acalmar.

Ele a abraçou por trás, fazendo-a se sentir acolhida e protegida. Clarissa relaxou naquele abraço e se deixou envolver. Sabia que não devia baixar a guarda daquele jeito, mas precisava de apoio, precisava esquecer e acabar com aquela dor.

— Tá tudo bem? — perguntou ele baixinho depois de um tempo.

Ela continuou em silêncio, tentando organizar os pensamentos, catalogar as emoções, e fracassando totalmente. Então se virou para Enrico e se aconchegou melhor no peito dele, que a abraçou mais forte.

— Quer conversar? Quer que eu vá embora? — Ele parecia inseguro.
— Eu não sei o que fazer…

Ela ficou na ponta dos pés e o beijou. Ele dobrou os joelhos e a ergueu pelo bumbum para que ela ficasse da sua altura. Ficaram ali, se beijando, até ela se afastar um pouco e sussurrar contra os lábios dele:

— Quero que você me faça sentir tudo que eu sinto quando estamos juntos. Quero esquecer o meu ex e parar de sentir essa dor e essa raiva. Quero sexo sem compromisso, sem complicação…

— Seu desejo é uma ordem — respondeu ele, repetindo a frase que dissera na primeira vez que ficaram juntos.

Então a levou para o quarto, para o segundo round.

http://estilhacosdeumcoracaopartido.blogspot.com

RAINHA DO CRIME

quinta-feira, 7 de dezembro de 2000

Gente, eu quase cometi mais um crime ontem! Sério, o Ex me tira do sério. Ele apareceu aqui em casa no meio do meu encontro com o PA!!!

Fiquei com tanta raiva, mas tanta. Morri de vontade de dar um soco no meio da cara dele usando as técnicas que aprendi no caratê. (Que o meu *sensei* não me ouça!)

Mas consegui me controlar, coloquei ele pra correr, depois fui curtir meu PA gostoso e esqueci de todo o resto.

Só que, agora que estou sozinha, fiquei curiosa para saber por que o Ex veio me procurar. Será que se arrependeu e quer voltar? Será que está perdido sem mim? Será que merece outra chance?

Sei que eu não deveria me importar. Na verdade, uma grande parte de mim espera que ele queime no fogo do inferno, mas no fundo, no fundo, beeeeeem no fundo mesmo, eu sei que ainda não o esqueci.

Para ser bem sincera, acho que nunca mais vou me apaixonar e o meu destino é uma vida de sexo casual. Pensando bem, até que não é tão ruim assim, principalmente se for com o PA...

Beijo grande,

Drama Queen

PS: Valeu pela dica da lingerie. Sucesso total e absoluto ;)

Capítulo 15

Para finalizar a matéria sobre o ranking com as maiores bilheterias do ano, Clarissa decidiu assistir, em seu tempo livre, aos cinco filmes da lista. O grande campeão, *O auto da compadecida*, tinha a cara do Brasil, alma de cordel e ritmo de comédias clássicas. O épico *Gladiador* trazia batalhas complexas bem coreografadas e o lindíssimo Russell Crowe brandindo a espada em busca de justiça a todo custo, em um cenário que recriava a Roma Antiga. A animação *Dinossauro* impressionava com os efeitos de computação gráfica, mas a história deixava um pouco a desejar. *Missão impossível 2* não trazia surpresas, sendo a mesma sopa de aventura, perseguições alucinantes e mistério do primeiro filme, prendendo o espectador do início ao fim. E *Todo mundo em pânico* era aquele besteirol do tipo ame ou odeie, que não dizia nada, mas divertia.

Depois de colocar o ponto-final na matéria, Clarissa conferiu se o texto estava dentro dos padrões definidos e revisou-o atentamente para ver se não tinha passado nenhum erro de português. Estava tudo certinho e era exatamente o que haviam pedido, mas ela não estava satisfeita. Fazia muito tempo que um filme brasileiro não liderava o ranking de bilheteria do país, e, na sua opinião, esse deveria ser o foco da matéria. Quanto mais pensava nisso, mais percebia que não ia sossegar enquanto não falasse com Elizabete.

Deu uma olhada na sala da editora-chefe, viu que ela estava sozinha e decidiu ir até lá. A porta estava aberta, mas ela bateu assim mesmo e disse:

— Oi, Elizabete! Será que posso dar uma palavrinha com você? Estou com umas ideias para a minha matéria e queria a sua opinião.

— Claro, pode entrar! Mas é uma matéria bem simples, não sei que dúvida você pode ter.

O comentário quase a fez desistir, mas ela sabia que tinha uma história, por isso foi direto ao ponto:

— Durante toda a década de 90, nenhum filme brasileiro foi campeão de bilheteria, mostrando que o público nacional é aficionado pelos blockbusters norte-americanos. Isso mudou este ano com *O auto da compadecida.*

Clarissa explicou que a história fora originalmente escrita em 1955 por Ariano Suassuna como uma peça de teatro, produzida no ano seguinte e aclamada pela crítica e pelo público na época. Lançada como livro também com grande sucesso, virou minissérie na TV Globo em 1999 com altos índices de audiência, o que levou o diretor a fazer um novo corte, transformando a série no filme de maior bilheteria do ano.

— Hum... interessante. — Elizabete se recostou na cadeira com a expressão pensativa, mas não parecia totalmente convencida. — O que você está propondo exatamente?

— Minha ideia é manter o ranking, claro, mas ampliar a matéria, apresentando *O auto da compadecida* como fenômeno cultural brasileiro. Como eu disse, já levantei material sobre a peça original, tenho dados do Ibope sobre a minissérie e a bilheteria nos cinemas e acho que eu poderia conseguir uma entrevista com o Suassuna, que este ano completou dez anos como membro da Academia Brasileira de Letras. Acho que essa matéria encerraria com chave de ouro o ano da editoria de cultura e lazer.

Elizabete ficou em silêncio, batucando com a caneta em um bloco. Clarissa queria continuar falando, mas sabia que a editora-chefe estava pesando os prós e os contras daquilo.

— Ok, vamos fazer o seguinte: manda o que já escreveu sobre o ranking das maiores bilheterias para eu dar uma olhada e tenta agendar uma entrevista com o autor. Vou conversar com a Marisa e os outros editores para tentar conseguir duas páginas para essa matéria. Mas não prometo nada.

Clarissa se segurou para não dar pulinhos de alegria.

— Caraca, Elizabete! Isso é mais do que eu esperava. Muito obrigada.

A editora-chefe deu risada.

— Já disse que não estou prometendo nada. Mas você me convenceu de que podemos fazer algo diferente este ano.

Clarissa saiu esfuziante da sala de Elizabete e foi direto para sua mesa, já começando a trabalhar. Só parou quando, quase no fim do expediente, recebeu uma ligação de Mel para confirmar a saída delas. A primeira semana de volta à redação tinha sido incrível e merecia uma comemoração à altura.

http://estilhacosdeumcoracaopartido.blogspot.com

PESQUISA DE CAMPO

domingo, 10 de dezembro de 2000

Às vezes até eu me surpreendo comigo mesma. Acabei de chegar em casa depois de um encontro. Aposto que vocês estão pensando no PA ou talvez até no Ex.

Na-na-ni-na-não.

Nada de figurinha repetida. Peguei um carinha que estudou comigo na faculdade. Lindo, lindo. O Ex morria de ciúme dele. Dizia que esse cara me dava mole e que ficava me secando nas festas. E sempre achei que não tinha nada a ver. Só que eu não podia estar mais errada. Ele mesmo confirmou!

Assim que soube que eu estava solteira, o Carinha da Faculdade veio com tudo e me chamou para ir à casa dele, já que os pais estavam viajando. Acabei passando o fim de semana lá e curtimos muito.

Agora que tenho um pouco mais de experiência, posso dizer que eu adoro sexo. No meu pódio, o PA continua na frente. O Carinha da Faculdade vem em segundo lugar, e o Ex em último. Não é que ele fosse totalmente ruim, mas hoje percebo que faltava alguma coisa. Não sei bem o que, mas faltava. E eu nunca ia descobrir isso se a gente não tivesse terminado!

Fico imaginando como ele é com a namorada atual. Será que é melhor na cama com ela do que era comigo? O que vocês acham?

Beijos de uma Drama Queen saciada e feliz

Capítulo 16

— Antes de entrarmos nas atualizações sobre as matérias do próximo número, quero dizer que tivemos uma mudança no espelho editorial — informou Elizabete na reunião de segunda-feira. — O ranking dos filmes mais assistidos do ano vai seguir outro rumo, já que há muito tempo um filme brasileiro não era o campeão de bilheteria. Então, além do ranking, a Clarissa vai fazer uma matéria mais cultural e um perfil do Ariano Suassuna. Por isso tivemos que diminuir algumas matérias para abrir espaço.

Clarissa ficou eufórica, mas conseguiu dizer com segurança:

— Recebi hoje a resposta do agente do Suassuna e combinamos a entrevista por telefone para sexta-feira que vem.

— Excelente! Me passa o horário direitinho que vou participar dessa entrevista com você — pediu Elizabete com um sorriso.

A editora-chefe, então, começou a repassar o espelho com cada um dos envolvidos, resolvendo aquele quebra-cabeça das matérias a serem paginadas para a próxima edição, um processo que sempre precisava de correções, ajustes e cortes. Clarissa até que tentou prestar atenção, mas não via a hora de a reunião acabar para poder comemorar a primeira vitória como jornalista. Com certeza ia convidar Alan para almoçar. E, quando chegasse em casa, ia ligar para os pais e contar tudo. Talvez chamasse Mel para ir comemorar na casa dela. De repente, pensou que queria dividir aquilo com Enrico também. Mas meneou a cabeça; isso era coisa de namorado e não de PA.

Foi arrancada do devaneio quando Elizabete retomou a pauta dos blogs da *Eclética* no portal do Grupo Castanheda.

— Recebi alguns projetos bem interessantes e adorei a ideia do Alan de revisitar as matérias de viagem do ano e fazer um ranking dos melhores hotéis e passeios com base em critérios definidos. Parabéns!

Alan sorriu e deu uma piscadinha para Clarissa, enquanto a editora-chefe comunicava a aprovação de um blog de resenhas de filmes, livros, peças de teatro e shows, um de gastronomia e outro de moda.

— Quanto ao blog de relacionamentos, tive uma longa conversa com a diretoria e decidimos apresentar uma proposta para tentar trazer o Estilhaços de um Coração Partido para o nosso portal.

Clarissa empalideceu.

Juliana se empertigou.

— Como assim? — perguntou. — Eu mandei um projeto ótimo para um blog de relacionamentos.

— Eu quis te poupar do constrangimento, Juliana — disse Elizabete com voz firme, olhando diretamente para a jornalista. — O que você mandou foi uma cópia do que vemos no Estilhaços. Como eu disse na semana passada, queremos conteúdo original e autêntico. Então, em vez de fazer uma cópia, é melhor tentar trazer o original para o nosso portal.

Juliana jogou o cabelo para trás, levantou e alisou a saia.

— Eu acho o meu projeto muito melhor do que aquele blog de quinta categoria.

Clarissa ficou pasma com a arrogância da colega, que saiu da sala de reuniões pisando duro, sem se importar que a editora-chefe ainda estivesse falando.

— Estamos tentando entrar em contato com a criadora do blog por e-mail, mas ainda não tivemos resposta.

Clarissa começou a suar frio. Não queria revelar a ninguém que era a autora do blog porque estava adorando a liberdade de escrever sem se preocupar com julgamentos sobre comportamento, escrita ou conteúdo.

Será que deveria contar a Elizabete que era a Drama Queen? E se contasse e ficasse presa à editoria de relacionamentos? Ela queria escrever sobre outras coisas; tinha criado o Estilhaços de um Coração Partido como válvula de escape e nada mais. Clarissa tentou se acalmar; não precisava decidir nada naquele momento. Só precisava ler o tal e-mail que mandaram.

— Tá tudo bem? — perguntou Alan quando viu que a amiga não se mexeu para sair da sala após Elizabete ter encerrado a reunião. — Não está feliz com a matéria grande que ganhou?

Clarissa se obrigou a sorrir.

— Hum… claro, só estava pensando em tudo que tenho pra fazer.

Ela voltou para sua mesa, e Alan ficou olhando, estranhando seu comportamento. Em seu estado normal ela estaria animadíssima, dando pulinhos, fazendo dancinhas e já combinando um almoço para os dois comemorarem a matéria dela e o blog dele. Ela percebeu o olhar e resolveu deixar para pensar no Estilhaços quando chegasse em casa.

— Vamos almoçar juntos hoje. Temos muito que comemorar.

Assim que chegou em casa, Clarissa jogou a bolsa em cima da mesa e foi direto para o escritório. Decidiu que não ia esperar até meia-noite para entrar na internet e assim economizar na conta de telefone; queria ler logo o tal e-mail. Aguardou o longo processo de inicialização do computador, conectou o cabo de telefonia e abriu o provedor. Entrou na conta de e-mail da Drama Queen e logo localizou a mensagem de Elizabete.

De: e.alves@revistaecletica.com.br
Para: dramaqueen@uol.com.br
Assunto: Seu blog no portal do Grupo Castanheda

Prezada Drama Queen,
Meu nome é Elizabete Alves e sou a editora-chefe da revista *Eclética*. Estamos interessados em trazer o seu blog para o portal de conteúdo do Grupo Castanheda. Por favor, entre em

contato comigo por telefone para agendarmos uma reunião.
O número está na assinatura do e-mail.
Atenciosamente,
Elizabete

Putz! Era verdade mesmo. O que ela faria? Precisava de tempo para pensar.

De: dramaqueen@uol.com.br
Para: e.alves@revistaecletica.com.br
Assunto: Re: Seu blog no portal do Grupo Castanheda

Prezada Elizabete,
Muito obrigada pelo interesse no Estilhaços de um Coração Partido, mas não me sinto à vontade para revelar minha identidade. Eu criei esse espaço justamente com o propósito de me expressar sem as amarras provocadas pelo medo do julgamento.
Fico muito feliz e honrada com o interesse, mas sinto que só poderei ser eu mesma se continuar anônima.
Atenciosamente,
Drama Queen

Ela se sentiu mais tranquila com a resposta e esperava ter encerrado o assunto.

Infelizmente, as coisas não foram tão simples. Nos dois dias seguintes, houve uma intensa troca de e-mails entre a Drama Queen, sempre reticente, e Elizabete, que insistia que elas se reunissem para conversar e já apresentara uma oferta inicial bem interessante.

No fim das contas, Clarissa pediu um tempo para refletir e prometeu dar uma resposta até depois do Natal. Decidiu só voltar a pensar no assunto depois da entrevista com Ariano Suassuna, para concluir sua primeira matéria como jornalista da *Eclética*.

http://estilhacosdeumcoracaopartido.blogspot.com

VAI DAR MERDA

quarta-feira, 13 de dezembro de 2000

Tanta coisa acontecendo na minha vida. Parece que o pé na bunda foi um evento catalisador que fez as coisas virarem de cabeça para baixo. Sério, ultimamente eu só faço merda. O pior é que estou sendo convidada para fazer uma maior ainda, e considerando fortemente dizer sim.

Logo eu, a garota que já tinha a vida toda planejada: casar com o Ex, ter sucesso na carreira, dar netinhos para os meus pais e ver se assim eles sentiriam orgulho de mim.

Eles odeiam a minha carreira, sabe? Desde que saí da minha cidade para fazer faculdade, acham que estou passando por uma "fase rebelde" e que logo vou cair na real, voltar para casa e assumir um lugar qualquer nos negócios da família, ganhando o triplo do meu salário atual no emprego dos meus sonhos sem nem precisar trabalhar de verdade.

Uma coisa que me ajudou muito foi o fato de que eles amavam e respeitavam o Ex. Sério, se não fosse ele, acho que meus pais nunca teriam me deixado fazer a faculdade que eu queria. Ele sempre me deu força para correr atrás dos meus sonhos.

Enfim, o que eu queria realmente é que a minha família me visse e me aceitasse como eu sou de verdade, e não apenas como a filha caçula mimada, teimosa e rebelde.

Ai, ai, hoje estou mais para amarga do que dramática.

Beijos,

Bitter Queen

Capítulo 17

O restaurante chique de frente para a praia tinha fila na porta. Clarissa procurou por Enrico, mas ele não estava ali. Suspirou e foi até a hostess, torcendo para ninguém achar que ela estava tentando passar na frente.

— Com licença. — Ela deu um sorriso para a moça. — Eu marquei com meu amigo aqui e ele não está na fila. Será que posso dar uma olhada lá dentro?

A moça a mediu da cabeça aos pés com cara de quem comeu e não gostou, e Clarissa percebeu que estava sendo julgada pelo vestido leve de verão e a rasteirinha. Olhando discretamente em volta, notou que sua roupa não estava de acordo com o lugar. A mãe ficaria para morrer se a visse ali, parecendo maltrapilha, na frente de tanta gente elegante. Mas Clarissa não era adivinha; Enrico tinha ligado meia hora antes, dando o endereço e dizendo para ela encontrá-lo ali para jantar, sem falar nada sobre ser um restaurante badalado.

— Qual é o seu nome? — perguntou a hostess com voz fria. — Se você realmente for convidada de alguém, seu nome vai estar aqui.

Constrangida, Clarissa ficou com vontade de sair correndo, mas não demonstrou. Colocou os ombros para trás e respondeu:

— Clarissa Brandão.

De má vontade, a moça foi passando pela lista e pareceu surpresa quando localizou o nome. A postura e o atendimento mudaram na hora. Ela abriu um sorriso, chamou o maître e pediu:

— Você pode acompanhá-la até a mesa dez?

A iluminação interna era fraca, e a decoração, arrojada e moderna, com diversos lustres de tamanhos, cores e formas diferentes pendendo do teto. As mesas espaçadas ofereciam certa privacidade para os clientes. Os garçons vestiam calça preta, camisa branca imaculada e um avental na cintura com a logomarca do restaurante. Eles caminhavam devagar, como se tivessem todo o tempo do mundo.

Ela o viu primeiro. E, como acontecia desde que era adolescente, seu coração pareceu dar uma cambalhota no peito antes de voltar ao ritmo normal. Enrico estava tomando uma taça de vinho branco e comendo uma entrada que ela não conseguiu identificar. Assim que a viu, se levantou e foi ao encontro dela com um sorriso de tirar o fôlego.

— Que bom que você veio.

Os olhos dele faiscavam à meia-luz, e Clarissa retribuiu o sorriso. Ele a desconcertou com um beijo rápido na boca, tipo estalinho, e ela ofegou, olhando em volta, com medo de ter alguém conhecido.

— Pode relaxar, Francesa. Não tem ninguém de Petrópolis aqui.

O garçom puxou a cadeira para ela sentar, e Clarissa agradeceu.

— Desculpa o atraso. Achei que a gente fosse se encontrar lá em casa e não tinha me arrumado pra sair. — Ela baixou o tom de voz. — Sexo casual, lembra?

Enrico deu risada.

— Então você só me quer pelo meu corpinho sarado e não suporta a minha companhia?

Clarissa entrou na brincadeira.

— Se você prometer que vou poder fazer o que quiser com esse corpinho sarado, eu aguento um tempinho aqui com você.

Foram interrompidos pelo garçom:

— Se me permitem uma sugestão, a lagosta flambada é uma opção nova no cardápio e tem recebido muitos elogios.

Ele explicou como o prato era preparado, e Clarissa, com água na boca, resolveu aceitar a sugestão. Enrico pediu polvo grelhado e ela franziu o nariz.

— Nunca consegui nem provar polvo. Parece que os tentáculos, com todas aquelas ventosas, vão ganhar vida e pular na minha cara.

Ele soltou uma gargalhada.

— Nunca mais vou conseguir comer polvo sem lembrar disso.

Ficaram conversando um pouco sobre as viagens que tinham feito e os lugares que ainda gostariam de conhecer. Clarissa comentou que queria muito trabalhar no caderno de turismo da revista, justamente para poder unir as duas coisas que mais amava na vida: escrever e viajar. Ele falou sobre a paixão pela culinária e a reforma do restaurante. Ela contou sobre a vitória logo na primeira semana de trabalho.

A comida chegou, e os dois continuaram com a conversa leve e descontraída. De vez em quando ele pegava a mão dela, quase sem perceber. Era incrível como Clarissa conseguia ser ela mesma com ele. Já que aquela era uma relação bem definida, que não passaria de sexo casual, ela sentia que não precisava impressioná-lo sendo perfeita, dizendo e fazendo as coisas certas, nem guardar suas opiniões para si por medo de ser julgada.

Quando saíram do restaurante, foram recebidos pela brisa quente de quase verão do Rio de Janeiro. O céu estava estrelado e a lua iluminava o mar. Apesar de já ser relativamente tarde, ainda havia gente passeando no calçadão.

— Vamos dar uma volta? — perguntou ele, abraçando-a pelo ombro. — Assim a gente faz a digestão antes de você se aproveitar do meu corpinho sarado.

— Acho que aguento esperar mais um pouco. Mas só um pouquinho.

Eles caminharam abraçados pelo calçadão. Em determinado momento, Clarissa parou, tirou as sandálias e foi em direção ao mar. Enrico fez o mesmo e se apressou para alcançá-la. Ela largou as sandálias na areia e seguiu até a beira d'água.

— É isso que eu amo no Rio, sabe? Não importa a hora, a cidade está sempre viva. — Ela abriu os braços e riu quando uma onda molhou seus pés. — Lá em Petrópolis a gente nunca teria isso aqui.

— A praia? — perguntou ele. — Você sabe que a nossa cidade fica mais de oitocentos metros acima do nível do mar, né?

Clarissa deu um tapinha no ombro dele.

— Bobo. Você sabe do que estou falando.

— Não lembro da última vez que alguém me chamou de bobo. — Ele riu e a puxou para um abraço.

Clarissa percebeu que os olhos dele brilhavam tanto que pareciam refletir as estrelas no céu. Sentiu o coração disparar. Ele baixou a cabeça devagar e a beijou de um jeito lento e sedutor. As ondas escorregavam até os pés descalços, indo e vindo, enquanto ela derretia naquele beijo e se deixava levar pelo momento, sentindo seu corpo reagir e se encaixar instintivamente no dele. Não sabia por quanto tempo tinham ficado ali, só se beijando. E, quando se afastaram, Clarissa sentiu uma fisgada no peito, porque, por um breve instante, seu cérebro lhe pregou uma peça e ela se sentiu… amada.

http://estilhacosdeumcoracaopartido.blogspot.com

MELHOR ENCONTRO DA VIDA

sexta-feira, 15 de dezembro de 2000

Acho que o meu PA veio com defeito, porque não se contenta só com sexo casual, beijo e tchau. E estou ficando um pouco confusa com isso.

Ontem tivemos um encontro que só pode ser descrito como romântico. Jantar em um ótimo restaurante, passeio ao luar e beijos pra lá de perfeitos.

Fico arrepiada só de lembrar.

Depois fomos para a minha casa, e dessa vez foi diferente das outras. Não sei explicar direito. Foi mais lento. Como se ele não tivesse a menor pressa de acabar e quisesse me dar todo o prazer do mundo. Foi intenso, mais envolvente, mais íntimo, se é que isso é possível. Se eu não o conhecesse há tanto tempo, até poderia achar que ele estava fazendo amor comigo, e não sexo.

Pensando bem, o PA é aquele tipo de cara que se destaca em tudo que faz. Sempre foi assim. Então, acho que é normal ele se destacar como PA também, né?

Confesso que fiquei balançada. Mas o meu coração ainda está estilhaçado e, como eu já disse antes, acho que nunca mais vou amar de novo.

Beijos,

Drama Queen

Capítulo 18

Finalmente era o dia da entrevista por telefone com Ariano Suassuna. Clarissa já tinha adiantado algumas perguntas por e-mail, mas achou importante terem uma conversa também. Ela e Elizabete estavam na sala de reuniões, e às dez horas em ponto Clarissa colocou o gravador bem ao lado da saída de som do sistema de viva-voz e fez a ligação.

— Olá, sr. Suassuna, muito obrigada por ter aceitado conversar com a revista *Eclética*...

Clarissa estava tensa sob o olhar atento e avaliador de Elizabete, mas decidiu ignorar a presença da editora-chefe e se concentrar apenas na voz do outro lado da linha, que respondia a cada uma das perguntas sem pressa, parecendo sempre ter um causo para contar. O bate-papo foi longo, leve e informativo. Depois que ele respondeu a sua última pergunta, Clarissa encerrou a entrevista elogiando o autor e agradecendo profusamente pela disponibilidade e pelas histórias, que enriqueceriam muito a matéria. Desligou o telefone, se recostou na cadeira e sentiu todos os músculos relaxarem.

— Caraca... Nem estou acreditando!

— Estou muito impressionada, Clarissa. Você conduziu a entrevista como uma profissional experiente e não como uma novata. — Elizabete se levantou. — Quero ver o primeiro rascunho da matéria antes do Natal, ok?

— Claro! Vou começar agora mesmo.

Clarissa ficou mais um pouco ali, aproveitando o silêncio da sala vazia, fez algumas anotações sobre a entrevista e finalmente foi para sua mesa, se dando conta de que era a primeira vez que se sentia uma jornalista de verdade. A adrenalina ainda estava correndo nas veias e ela tinha vontade de gritar de alegria.

— Como foi? — perguntou Alan.

— Um sonho! — respondeu ela, colocando as coisas na mesa e olhando no relógio. — O que acha de a gente almoçar um pouco mais cedo hoje? Eu tava não nervosa com essa entrevista que não consegui comer nada de manhã.

Alan negou com a cabeça.

— Ah, não vai dar. Eu viajo hoje à noite para um resort em Porto de Galinhas. Só volto na quarta-feira.

— Ai, quem dera viajar tanto quanto você.

— Chega uma hora que enjoa um pouco, sabia? Viajar sozinho é chato.

— Me leva na mala que eu nem reclamo — ela brincou, já pegando a bolsa para sair.

Eles se despediram e ela aproveitou para pensar um pouco na vida enquanto comia sozinha no restaurante. Alê continuava insistindo em falar com ela, e Dafne tinha contado que ele vivia ligando para a casa deles; só tinha parado depois que Gui e ela o colocaram para correr. Ele mandava e-mail todos os dias e ela ficava tentada a abrir, mas resistia bravamente, deletando as mensagens o mais rápido possível.

Quando voltou para a redação, Clarissa mergulhou de cabeça na matéria que tinha para entregar. Estava tão absorta no trabalho que levou um susto quando Juliana gritou:

— Ah, não! Fala sério!

Clarissa se sobressaltou.

— O que foi, Juliana?

— Essa porcaria de Drama Queen… — A colega estava olhando com raiva para o monitor. — Ela escreve cada coisa ridícula nesse blog, e um monte de mulher mal-amada fica comentando e dando palco pra maluca.

Tentando disfarçar o desconforto, Clarissa se esforçou para demonstrar interesse:

— O que ela escreveu dessa vez?

— Disse que nunca mais vai amar de novo, mas é óbvio que está de quatro pelo tal PA!

Clarissa ficou vermelha ao se lembrar da noite anterior e lutou para passar indiferença na resposta:

— Eu não acompanho o blog, mas não sei por que você se incomoda tanto com a vida de uma pessoa que nem conhece.

Juliana a fulminou com o olhar.

— Essa tal de Drama Queen só fica contando vantagem nesse blog cafona e roubou o meu lugar de autora do blog de relacionamentos do Grupo Castanheda.

— Como assim roubou o seu lugar? — perguntou Clarissa. — O seu projeto não foi recusado?

Juliana bufou.

Clarissa pegou a garrafa de água e deu um gole. Juliana jogou o cabelão para o lado e perguntou:

— Você não acha que ela é meio piranha? Ela termincu tem mais ou menos o mesmo tempo que você e já deu pra um monte de caras. Aposto que você ainda está se guardando para quando o seu ex-namoradinho voltar, né?

Clarissa cuspiu a água que tinha tomado e começou a tossir.

— Ai, que nojo! Respingou em mim, sua porca. — Juliana se levantou e foi para o banheiro, sem ajudar a colega engasgada.

Clarissa colocou as mãos para o alto, tossindo e tentando recuperar o fôlego.

* * *

Assim que chegou em casa, Clarissa ligou para Mel e disse que não estava a fim de sair. Estava cansada das noitadas de fim de semana e queria dar uma relaxada em casa, assistir a uma comédia romântica que tinha pegado na locadora. Estava confusa com os e-mails de Alê e as atitudes de Enrico. Além disso, havia a preocupação com a história do blog. Agora que tinha feito a entrevista com Ariano Suassuna, estava devendo uma resposta para Elizabete. Portanto, precisava de um tempo para ficar sozinha, pensar e recarregar as baterias.

Já estava com uma bacia de pipoca no colo e um copão de Coca-Cola na mesinha de apoio quando a campainha tocou.

— Mel! — exclamou ao abrir a porta. — O que você está fazendo aqui? Eu disse que não ia rolar hoje. Não tô a fim de sair.

— Nem eu! Eu adoro comédias românticas. Qual você pegou?

— *Mensagem para você*, com a Meg Ryan e o Tom Hanks.

— Ai, adoro! Vi no cinema.

Clarissa riu, foi até a cozinha, serviu mais um copo de refrigerante e as duas se jogaram no sofá. Riram, suspiraram e choraram. Quando o filme acabou, Mel decretou:

— Vamos pedir uma pizza e você vai me contar o que foi que aconteceu pra não querer sair hoje.

Clarissa ficou vermelha.

— Ah, esqueci que você me conhece bem demais.

Ela ligou para a pizzaria e pediu a de sempre: calabresa com cebola. Assim que desligou, Mel se recostou no sofá.

— Sou toda ouvidos.

— Não é nada de mais. Mas é tudo também. — Clarissa balançou a cabeça.

— Não vai me dizer que anda pensando naquele escroto do Alê. — Mel estreitou o olhar para a amiga.

— Todo dia eu recebo um e-mail e um recado dele na secretária eletrônica. Todo dia apago o e-mail e pulo a mensagem. Mas às vezes eu me pergunto se não deveria…

— Pode parar por aí! — interrompeu Mel. — Esse cara não te merece. Agora quero saber como estão as coisas com o Enrico. Nada me tira da cabeça que vocês vão namorar.

Clarissa engoliu em seco, lembrando do encontro da noite anterior. Ela tinha ficado balançada.

— Mel, eu fiquei com o Alê por cinco anos. Ainda não estou preparada pra namorar outro cara. E não vou estar tão cedo — argumentou com sinceridade. — E, mesmo que eu estivesse, o Enrico não acredita em relacionamentos, por causa daquele lance de ter sido trocado pelo irmão.

Mesmo enquanto falava, ela sabia, no fundo, que alguma coisa tinha mudado na noite anterior. O jantar romântico. O passeio na praia de mãos dadas sob o luar. O beijo cálido e carinhoso na beira da água. O riso leve e feliz. A entrega no fim da noite. Depois de tudo aquilo, não conseguia se ver saindo para a night e ficando com um carinha qualquer. Clarissa balançou a cabeça e não se permitiu seguir essa linha de pensamento.

— Sua voz fica diferente quando você fala dele — apontou Mel.

Clarissa jogou uma almofada na amiga.

— Não vai rolar nada além de sexo entre a gente. Ponto-final.

— Se você está dizendo, quem sou eu pra questionar.

— Além disso, você mesma disse que eu sou mais legal solteira do que namorando.

— Do que namorando o Alê, com certeza.

As duas riram. A pizza chegou e as amigas sentaram para comer, começando a falar dos planos para passarem o Réveillon em Angra.

http://estilhacosdeumcoracaopartido.blogspot.com

UAU!!!

domingo, 17 de dezembro de 2000

Gente, ainda estou suando e tremendo. Acabei de ter um orgasmo fenomenal e intenso. Nunca tinha conseguido isso sozinha!!! Tô chokita!

Na verdade, não foi completamente sozinha. Meu delicioso PA ligou e fizemos sexo por telefone.

Vocês já fizeram?

Recomendo!

Recomendo muito!!!

Beijos de uma Drama Queen saciada

Capítulo 19

— Clazinha Maria, quer almoçar comigo? Tenho novidades — convidou Alan, cheio de animação, enquanto colocava a pasta na mesa.

— Pode ir falando. Não vou aguentar até a hora do almoço, não.

Ele cantarolou:

— Ando, ando, ando, essa bicha tá namorando…

— Uau! Conta tudo! — Clarissa abriu um sorriso.

Juliana levantou a cabeça e fez cara de nojo.

— Vocês estão na quinta série? Meu Deus, só falta agora você fazer um blog pra contar sobre o seu novo namoradinho.

Alan trocou um olhar debochado com Clarissa.

— Ainda não superou, Ju? Ter sido trocada pela Drama Queen?

Juliana bufou e não respondeu. Clarissa voltou a atenção para o próprio computador e abriu o Outlook. Quando viu três e-mails de Alê, suspirou e se perguntou por que ele insistia tanto em falar com ela. Pousou o cursor em cima da primeira mensagem e estava prestes a abrir quando chegou um e-mail de Enrico. Aquilo só podia ser um sinal para continuar ignorando o ex! Ela rapidamente selecionou as três mensagens de Alê e as deletou sem dó, satisfeita por seu PA estar cumprindo o papel de ajudá-la a se recuperar.

Clicou na mensagem de Enrico e sorriu ao ver que ele queria confirmar o encontro daquela noite.

— Parece que não sou só eu que vou ter novidades pra contar na hora do almoço — comentou Alan. — E-mail do Alê?

Clarissa franziu o nariz.

— Ele mandou três, mas já deletei.

— E por que você está sorrindo para o seu computador como se ele fosse o Brad Pitt?

— Não é nada...

Alan fez cara de desconfiado.

— Ah, deve ser e-mail do PA.

Vermelha, Clarissa levou o dedo aos lábios para o amigo ficar quieto.

— PA?! — exclamou Juliana. — A santinha apaixonada de Petrópolis resolveu seguir o caminho da Drama Queen?

Clarissa sentiu um misto de vergonha e raiva da vizinha de mesa. Alan pediu desculpa só com os lábios.

— Não, é só um e-mail com a foto de uma das daminhas do casamento da minha irmã provando o vestido. Querem ver?

Clarissa abriu rapidamente a mensagem de Dafne. Juliana ignorou, mas Alan elogiou o bom gosto da noiva. O amigo voltou para a própria mesa, e ela dedicou a manhã a organizar os livros que tinha recebido das editoras para serem resenhados. Aproveitou para pesquisar os filmes que seriam lançados nas férias.

Quando a hora do almoço enfim chegou, Alan e Clarissa caminharam até o restaurante, mas ele se recusou a começar sua história até estarem devidamente servidos e sentados.

— Você sabe que eu gosto de saber tudo nos mínimos detalhes, né? — disse Clarissa. — Desembucha logo. — Ela deu uma garfada e olhou para o amigo.

— A gente se conheceu lá em Porto de Galinhas. Eu cheguei no hotel quando ele estava fazendo o check-in e na mesma hora fiquei hipnotizado pela bunda dele.

Clarissa tomou um gole de Coca.

— Amor à primeira vista pela bunda?

— Sério, Cla. Nunca vi uma bunda tão bem-feita na vida.

— Tá, já entendi o nível de perfeição glútea de que estamos falando aqui.

— Você disse que queria os mínimos detalhes — retrucou Alan.

— Sim, sim! Todos os detalhes…

Clarissa espetou um ovo de codorna enquanto esperava o restante da história.

— Então, ele olhou para trás, sacou que eu estava babando pela bunda dele e deu um sorrisinho sacana. E eu pensei: *É hoje que eu vou me dar bem.*

Ela colocou o guardanapo na frente da boca para poder rir sem o risco de cuspir comida em ninguém.

— Clazinha, você não tem noção. O Gil é ainda mais lindo que a bunda dele.

— Quero fotos!

— Ainda não mandei revelar.

— Se vira! Quero amanhã na minha mesa.

Ele seguiu com a história, contando sobre o primeiro encontro, o primeiro beijo e tudo mais. Clarissa viu os olhos do amigo brilharem ao falar do bofe. Será que um dia ela sentiria aquilo de novo?

— E o melhor de tudo é que ele é do Rio! Acredita?

— Nossa, que sorte! Já quero conhecer esse príncipe da beleza glútea.

— Acho que ainda tá cedo pra isso. Mas no último dia ele propôs um relacionamento exclusivo pra gente se conhecer melhor. — Alan suspirou. — Estou empolgado e um pouco ansioso também. Nunca namorei sério.

— Ai, para de bobeira. Aproveita o início de relacionamento. Esse período de descobertas é tão gostoso!

— Tudo bem, mas chega de falar de mim! Agora quero saber como estão as coisas com você.

— Ah, estou tranquila. Aproveitando a vida de solteira, me divertindo. Aliás, hoje o Enrico vem me ver.

Ele ficou olhando para a amiga como se quisesse dizer alguma coisa.

— Que foi, Alan?

— Eu sei que se conselho fosse bom a gente não dava, vendia. E longe de mim querer julgar alguém ou bancar o moralista, mas sinto que tenho que te falar uma coisa séria.

— Nossa, já tô ficando tensa. Pode falar.

— Vou ser polêmico aqui, mas acho que você não está se dando um tempo pra lidar com a perda do Alê. Você vivia dizendo que o amava tanto, e agora está ficando com vários caras pra não pensar no seu sofrimento.

A verdade daquelas palavras deixou Clarissa sem ar por alguns segundos, mas ela logo assumiu uma atitude defensiva.

— Eu sei o que estou fazendo. E estou lidando com a perda do Alê do meu jeito.

Alan continuou encarando a amiga.

— Só acho que você não está lidando com a dor; você está abafando a dor. São coisas diferentes, e isso pode ter resultados nefastos. Vai por mim. Eu já passei por isso.

Eles ficaram em silêncio por um tempo. Alan olhou no relógio.

— Puta merda, a gente já tá atrasado. O papo foi ótimo, mas é melhor voltarmos logo.

Eles correram para a redação, mas Clarissa não conseguiu se concentrar em nada, só pensava nas palavras do amigo. Era verdade, tinha escolhido abafar o sofrimento com sexo. Quem olhava para ela achava que estava tirando o rompimento de letra. Mas às vezes, quando estava sozinha, sentia um aperto no peito e caía no choro.

A tarde parecia se arrastar, e Clarissa não via a hora de o expediente acabar para poder lamber as feridas em paz. Desligou o computador, trocou a sandália de salto pelo tênis e colocou a bolsa no ombro, pronta para zarpar às cinco em ponto.

— Saindo mais cedo? — perguntou Juliana, levantando o olhar da tela do computador.

— Saindo na hora.

— As vantagens de ser riquinha e não ter medo de perder o emprego — alfinetou a colega.

— Você ainda não cansou desse discurso? — Clarissa não conseguiu esconder a irritação. — Estou saindo na hora porque dei conta do meu trabalho durante o expediente.

Ela se virou antes que Juliana pensasse em uma resposta.

Capítulo 20

A caminhada de volta para casa não foi suficiente para acalmar os pensamentos de Clarissa, que estava agitada demais para esperar por Enrico. Ele tinha deixado um recado na secretária eletrônica dizendo que ia chegar um pouco mais tarde que de costume.

Ela decidiu colocar um biquíni e ir para a praia aproveitar o horário de verão. Eram seis da tarde, mas estava bem claro ainda. Abriu a canga, sentou na areia e ficou ouvindo o som das ondas quebrando. O barulho do mar era medicinal para ela. Pensou em tudo que Alan dissera. Pensou na tensão que estava sentindo em relação ao blog e ao prazo da resposta para Elizabete, que se esgotava. Pensou na festa grandiosa de Natal dos Brandão e em como seria difícil lidar com o olhar de pena dos parentes e amigos e com os comentários sobre seu corte de cabelo, que com certeza viriam aos montes. Ela já estava de saco cheio do assunto.

Resolveu dar um mergulho. O choque da água gelada na pele pareceu despertá-la do vórtex em que tinha entrado. Ficou boiando e relaxando, deixando o mar energizá-la.

De volta em casa, tomou um banho rápido e se sentiu inspirada para escrever no blog. Ainda de roupão e com a toalha enrolada na cabeça, ligou o computador e começou a digitar.

http://estilhacosdeumcoracaopartido.blogspot.com

MONTANHA-RUSSA

quarta-feira, 20 de dezembro de 2000

Preparadas para o drama? Hoje eu vou fazer jus ao meu nome.

Um amigo querido me deu uma sacudida. Ele me falou que estou usando o sexo para abafar o meu sofrimento e que isso pode ter resultados nefastos. Estou arrasada. A verdade das palavras dele abriu feridas que já estavam começando a cicatrizar. Pelo menos era o que eu achava.

Desde o pé na bunda, minha vida tem sido uma montanha-russa de emoções, cheia de altos e baixos. Na hora dos baixos, eu busco o sexo para me deixar anestesiada e pronta para enfrentar o mundo.

Mas isso não significa que os problemas deixaram de existir. Quando o efeito da anestesia passa, vejo que tudo continua ali: o coração partido, a humilhação de ter sido traída, as decisões difíceis que tenho que tomar.

Ai, ai... Estou cada vez mais perdida e não sei se vou ou se fico. Não sei se continuo saindo por aí em busca de aventuras ou se o melhor é ficar só com o PA. Tenho medo de isso acabar virando mais uma complicação na minha vida.

Ajudem essa Drama Queen a encontrar o caminho de volta para a normalidade. É o que eu mais quero neste momento.

Beijo grande,

Drama Queen

Assim que postou o texto, Clarissa ouviu a campainha e olhou para o relógio. Droga! Tinha se atrasado. Correu para abrir a porta, ainda de roupão e toalha no cabelo, e já foi se enroscando em Enrico, puxando-o para o quarto a fim de escapar da realidade por mais um tempo.

* * *

— Que tal a gente sair pra jantar? — sugeriu Enrico no ouvido dela.

Clarissa ainda estava trêmula do orgasmo intenso.

— Estou sem forças pra me mexer, que dirá sair. Você acabou comigo.

Ele riu.

— Mais um motivo pra gente comer fora. Assim não precisamos lavar a louça.

— Hum… Você me convenceu.

Clarissa aproveitou para ficar mais um pouquinho na cama enquanto Enrico usava o banheiro. Só levantou quando ele foi esperar por ela na sala. Sem pressa, parou na frente do armário para decidir o que vestir. Optou por short jeans, camiseta branca e uma rasteirinha.

— Rico — chamou ao chegar à sala. — Tô pronta.

Não teve resposta. Notou a porta do escritório entreaberta, foi até lá e viu Enrico sentado na sua cadeira, lendo o blog.

Ele se virou para ela, e o que Clarissa viu no olhar dele fez seu coração quase parar.

— Esses textos… Foi você que escreveu? — O tom de voz era frio e controlado. Totalmente diferente do jeito como costumava falar com ela.

— Enrico, me deixa explicar.

Clarissa deu um passo em sua direção, mas parou quando ele levantou e olhou para ela de cima, usando todo o seu tamanho para intimidá-la em vez de acolhê-la. A diferença era brutal.

— Você ficou com outros caras?

Ela sentiu uma onda de adrenalina inundar suas veias. Estava confusa, assustada e se sentindo atacada por uma pessoa em quem confiava plenamente. O primeiro ímpeto foi o de se defender a todo custo, mesmo que precisasse mentir. Só que não tinha feito nada de errado. Eles tinham um combinado, e ela havia cumprido a parte dela. Então olhou nos olhos dele, fingindo uma coragem que não sentia.

— A gente nunca falou sobre exclusividade. Eu saí algumas vezes com as minhas amigas e fiquei, sim, com alguns caras. E sei que você deve ter ficado com vár…

— Eu não fiquei com ninguém desde que a gente começou a sair.

A informação emudeceu Clarissa.

— Você só me usou para sexo? — continuou ele.

— Desde o início a gente combinou que você era o meu PA, que seria sexo sem compromisso.

— Verdade. A gente combinou isso. — A voz dele era baixa, mas a raiva estava ali, permeando cada sílaba. — Você transou com esse carinha da faculdade? — Ele apontou para o computador.

Clarissa nem pensou em negar.

— Não que seja da sua conta. Mas transei, sim.

— Eu achei que, naquele dia que o seu ex apareceu aqui, que você... Não acredito que quase... — Ele parou de falar e passou a mão no cabelo. — Eu acho melhor a gente parar por aqui, Clarissa.

— Por favor, Enrico, me deixa explicar — disse ela, tentando controlar a vontade de chorar. — Tem tanta coisa acontecendo, e foi bom você ter descoberto. Eu preciso mesmo conversar com alguém sobre o blog...

— Mas eu sou só sirvo pra te deixar "anestesiada e pronta para enfrentar o mundo". — Ele fez aspas no ar.

Clarissa tentou se aproximar, mas ele se afastou.

— Eu vou voltar pra Petrópolis.

— Fica, por favor — pediu ela. — Não quero que as coisas terminem assim.

— Eu não consigo nem olhar pra você agora.

Ela abriu a boca para insistir, mas a expressão dele de desprezo a impediu. Clarissa se limitou a olhar enquanto ele ia embora.

Sentiu o coração se estilhaçar de novo, mas foi diferente de quando Alê terminara com ela. A repulsa na cara de Enrico era exatamente o que enfrentaria se descobrissem que ela era a Drama Queen. Foi por isso que, em vez de chorar e sentir pena de si mesma, Clarissa pegou o telefone e ligou para a melhor amiga.

— Mel? — Sua voz estava trêmula.

— O que houve, Cla? Foi o merda do Alê de novo?

— Não… É uma longa história. — Clarissa fungou. — Preciso de você agora.

— Chego aí em meia hora.

http://estilhacosdeumcoracaopartido.blogspot.com

REVIRAVOLTA

quarta-feira, 20 de dezembro de 2000

Minha vida mais parece o roteiro da novela das oito. Ou melhor, de um dramalhão mexicano, tipo *Maria do bairro* ou *A usurpadora*.

Ainda não processei tudo que acabou de acontecer. Mas o PA descobriu que eu sou a Drama Queen. Resultado: ele me julgou e me condenou, sem direito a defesa.

É muito injusto. Desde o início a gente combinou: sexo sem compromisso. E nunca falamos de exclusividade.

Bom, não adianta ficar chorando sobre o leite derramado. Porque a minha vida anda muito mais confusa do que isso.

Tem tanta coisa acontecendo, e eu fico tentando analisar os prós e os contras de cada decisão. Mas acho que vou jogar tudo para o alto e seguir o fluxo.

Afinal, dizem que é melhor a gente se arrepender do que fez e não do que não fez. Então é isso. Não quero me arrepender de nada que deixei de fazer.

Eu realmente sou a Drama Queen, o que não falta na minha vida é drama. E acho que vem muito mais por aí.

Beijo grande,

Drama Queen

Capítulo 21

Assim que Clarissa publicou o novo texto no blog, a campainha tocou, quase como um replay do que tinha acontecido algumas horas antes.

Ela abriu a porta para uma Mel esbaforida.

— O que foi que aconteceu? — perguntou a amiga, preocupada. — Vai me dizer que tá grávida?

Clarissa conseguiu rir, apesar das lágrimas.

— Acho que é um pouco pior do que isso.

— Pior?! — Mel arregalou os olhos. — Alguém morreu? Você matou alguém? Precisa de uma advogada?

— Não... Um pouco menos pior.

— A única coisa que não tem jeito é a morte. O resto a gente resolve. — Mel abraçou a amiga pelo ombro e a levou até o sofá. — Vou pegar uma água pra você, e você vai me contar tudo que está acontecendo.

Clarissa fez que sim com a cabeça e tentou organizar os pensamentos. Aceitou o copo que a amiga ofereceu e bebeu tudo antes de começar o relato com riqueza de detalhes, não só sobre o que tinha acontecido com Enrico, mas também sobre o Estilhaços de um Coração Partido, a proposta de Elizabete, o medo que estava sentindo e todas as dúvidas que a assombravam. Mel pediu para ler o blog e as duas ficaram em silêncio enquanto ela fazia sua análise.

— Clarissa do céu... Como você conseguiu complicar a sua vida dessa maneira?

— A culpa foi sua. — O tom era de brincadeira, apesar da angústia. — Foi você quem disse que eu não devia sublimar o sexo, que trepar era bom. E você me conhece, sabe que eu acabo mergulhando de cabeça...

— Puta que pariu, eu criei um monstro — resmungou Mel.

— Dr. Frankenstein e sua criatura perdida.

— Calma, Cla. Você não tá perdida. Vamos por partes. — Mel adotou o tom sério de advogada.

— Que partes? Minha vida tá uma baita confusão. Eu tô fodida e mal paga.

Apesar de tudo, Mel riu.

— A situação é mais séria do que eu pensava, se você tá falando palavrão. Mas, falando sério agora, vamos começar pela parte prática. Você quer aceitar a proposta da Elizabete?

— Um lado meu quer, mas eu morro de medo de alguém descobrir que sou a Drama Queen. Você não viu a cara de nojo do Enrico quando olhou pra mim... — Clarissa cobriu o rosto com as mãos e começou a chorar de novo.

— Olha só, mulher. Você é adulta e não fez nada que esse tal de Enrico nunca tenha feito. Eu sei que, se vazar que você escreveu esse blog, sua vida social lá em Petrópolis vai ficar complicada. Mas aqui no Rio... — Mel fez um gesto com a mão. — Todo mundo vai cagar baldes. Capaz até de você ficar famosa.

Clarissa negou com a cabeça, parecendo carregar o peso do mundo nas costas, e pegou mais um lenço de papel.

— Eu só penso na minha família. Minha mãe vai ficar horrorizada. Meu pai vai me renegar. Vão ficar com vergonha de mim. A Dafne vai dizer que estou tentando destruir a vida dela. Acho que nem o Gui me apoiaria dessa vez.

— Quem está sabendo do blog? — perguntou Mel.

— Você e o Enrico. Mais ninguém.

— Você tem que manter assim. E o risco de alguém descobrir vai ser mínimo. Só que você precisa ter cuidado com o seu computador. Tipo, coloca uma senha de proteção de tela e só publica usando o computador de casa.

— Por que eu não pensei nisso? No trabalho é assim, mas nunca pensei em colocar aqui em casa, porque passo a maior parte do tempo sozinha. Vou programar pra dois minutos de inatividade. Se eu tivesse feito isso, o Enrico não teria lido o blog ...

— Amiga, você gosta dele, né? — perguntou Mel com ar de quem sabe tudo.

— Mel, você cismou com isso! Caraca, eu acabei de sair de um relacionamento com o amor da minha vida. Você acha mesmo que eu ia me apaixonar pelo primeiro carinha que...

— Tudo bem, não está mais aqui quem falou.

— Eu só tô chateada pelo jeito como aconteceu, mais nada. — Clarissa sentiu uma fisgada no peito, mas não quis analisar os sentimentos. — E isso não é importante agora. Eu preciso tomar uma decisão sobre o blog.

— Se você quiser, posso ser sua advogada. Você assina uma procuração pro escritório e a gente cuida de tudo pra você. Contrato, pagamentos e todos os seus interesses.

Clarissa enxugou as lágrimas e olhou para a melhor amiga.

— Dá pra fazer isso?

— Claro que dá. E pode ter certeza de que vamos fazer tudo pra proteger o seu anonimato.

Clarissa se perguntou por que não tinha pensado nisso antes em vez de ficar se torturando por dias e dias.

— Então vamos ver no que vai dar.

Mel pegou todos os dados de contato de Elizabete e disse que mandaria um e-mail para ela o quanto antes.

http://estilhacosdeumcoracaopartido.blogspot.com

ENTÃO É NATAL...

sábado, 23 de dezembro de 2000

Morro de pena do Papai Noel tropical. Maior calor e o cara suando na porta das lojas de rua para atrair clientes. Mas acho que preferia isso a ir passar o Natal com a minha família este ano.

Não achem que esta Drama Queen é uma filha desnaturada. Não é isso. É só que, não importa tudo que eu tenha conquistado no decorrer do ano com o meu trabalho, minha família vai me ver como uma fracassada por não ter namorado.

Cidade pequena é foda. Uma mulher só é bem-sucedida se estiver com um homem do lado. Será que não percebem que somos muito mais do que um buraco no meio das pernas e que temos capacidade de fazer muito mais coisas além de parir?

Sim, estou amarga.

Beijos,

Bitter Queen

A MAGIA DO NATAL

segunda-feira, 25 de dezembro de 2000

Ai, gente! Só quero me encolher e chorar em um canto.

Foi impossível não pensar no Ex na festa de Natal, já que a família inteira e os amigos não paravam de perguntar dele. Ninguém parecia interessado em saber como eu estava, só ficavam repetindo que tinham *certeza absoluta* de que o novo namoro do Ex é fogo de palha e que a gente vai voltar. Alguns disseram que queriam me apresentar a um amigo que tinha "tudo a ver comigo". E teve também os sem noção que me aconselharam a não escolher muito (!!!) para não ficar pra titia. Sentiram o drama desta Drama Queen?

http://estilhacosdeumcoracaopartido.blogspot.com

Precisei me controlar muito para não sair dando patada. Minha família jamais me perdoaria por estragar o Natal.

Mas nem tudo é drama na minha vida, graças aos céus. Tive momentos muito gostosos e mágicos. E o amigo oculto rendeu ótimas risadas.

Meus pais fizeram uma surpresa e me deram um celular de presente! Estou me sentindo chique.

Feliz Natal, queridas amigas virtuais. Obrigada por fazerem parte da minha vida.

Beijo grande,

Drama Queen

CORAGEM

sexta-feira, 29 de dezembro de 2000

Uma coisa que vocês não sabem sobre mim é que eu amo dirigir. E hoje a Doidinha e eu vamos pegar a estrada para um lugar aonde nunca fui. Temos um mapa, a cara e a coragem. E boca, né? Porque quem tem boca vai a Roma.

Espero que a gente chegue inteira e volte inteira também.

Acho que 2001 vai ser o meu ano!

Bem-vindo, século XXI!

QUEM VÊ CARA NÃO VÊ CORAÇÃO

terça-feira, 2 de janeiro de 2001

Gente, como pode a pessoa ir do topo do mundo ao fundo do poço em questão de horas?

Eu estava na melhor festa de Réveillon da minha vida. Amigos queridos em um lugar paradisíaco, com a melhor comida e bebida, música animada, queima de fogos. De quebra, conheci um

http://estilhacosdeumcoracaopartido.blogspot.com

deus grego: loiro, olhos azuis, lindo, maravilhoso, com tanquinho e covinha. E tatuagem. Eu nunca tinha ficado com um cara tatuado. Ver o desenho na pele dele mexeu comigo de um jeito que nem sei explicar.

Juro que não estou exagerando: ele era nível galã de novela. Ou melhor, galã de Hollywood. Pensem no Brad Pitt e talvez cheguem perto.

Não acreditei quando ele chegou em mim, porque obviamente o cara era muita areia para o meu caminhãozinho. Como não sou boba nem nada, não pensei duas vezes e me deixei enterrar por aquele monte de areia.

Vocês não têm noção de como ele era gostoso. Beijava bem, tinha pegada. Eu estava subindo pelas paredes quando chegamos ao quarto dele no hotel.

Só que, assim que entramos, ele tirou a minha roupa, molhou o biscoito, pá-pum e acabou. Nem deu nem tempo de eu notar que ele NÃO USOU CAMISINHA.

E me expulsou do quarto quando reclamei.

Estou me sentindo suja, usada e frustrada. Com certeza foi a pior experiência da minha vida.

E não, não estou fazendo drama.

Na verdade, estou. Porque a pior experiência da minha vida foi descobrir o chifre. Mas essa está no top 5.

Então, tenham cuidado, amigas: quando a esmola é muita, o santo desconfia.

Entrei no novo século com o pé esquerdo :(

Espero que não seja um sinal de como vai ser o novo ano para mim. Pior, o novo século!!! Socorro!

Feliz Ano-Novo para todas nós!

Beijo grande,

Drama Queen

Capítulo 22

— Antes de finalizar esta nossa primeira reunião de pauta — disse Elizabete —, quero dizer que as negociações para trazer o blog Estilhaços de um Coração Partido para o portal do Grupo Castanheda começaram um pouco antes do Ano-Novo e estão indo muito bem. Acredito que até a semana que vem o blog já esteja no portal.

— Ah, então vamos conhecer a tal Drama Queen, que se acha a rainha dos orgasmos múltiplos? — perguntou Juliana com ar de deboche.

Clarissa sentiu o rosto esquentar, como sempre acontecia quando alguém mencionava o blog, e fingiu se ocupar com as anotações. Tinha a sensação de que qualquer um que olhasse para ela com atenção descobriria na hora quem era a Drama Queen.

— Não. — O tom de Elizabete era sério. — As negociações estão sendo feitas por intermédio de um escritório de advocacia. Parece que a autora valoriza muito o anonimato.

— Não sei por que a revista quer tanto esse blog — retrucou Juliana, cheia de desdém. — Como propus antes, eu poderia muito bem escrever um blog sobre relacionamentos depois de um rompimento, porque acabei de terminar um namoro. A Clarissa também levou um pé na bunda, mas é romântica demais para falar sobre sexo.

Clarissa ficou irritada e precisou se controlar muito para não jogar na cara daquela invejosa que ela era a rainha dos orgasmos, sim. Como não podia fazer isso, resolveu blefar:

— Realmente, Juliana, não é bem esse tipo de conteúdo que eu quero escrever.

A colega ignorou a resposta de Clarissa e prosseguiu:

— Além disso, nem sei se tudo que ela escreve lá é verdade. Porque, sério! A garota escreveu — ela olhou para o caderno — "Os estilhaços afiados do meu coração partido rasgam minha alma, que sangra cada vez que eu penso nele." É digno de uma novela mexicana.

Todo mundo deu risada. Clarissa quis morrer de vergonha por ter escrito um negócio tão cafona.

Juliana continuou:

— E agora ela escreve coisas engraçadinhas, do tipo: "Dei igual chuchu na serra. Ou seria na cerca? Já ouvi a expressão dos dois jeitos e sempre fico confusa. Chuchu é uma trepadeira e vai subindo pela cerca, mas dá melhor na serra? Confuso isso".

O impulso de Clarissa era o de sair correndo da sala. Como não podia, ela deixou o lápis cair e se enfiou embaixo da mesa para pegar. Aproveitou para dar um peteleco nele, para que parasse longe e ela pudesse continuar lá embaixo por mais um tempo. Ouviu a resposta fria de Elizabete enquanto desviava das pernas e pés dos colegas:

— Se passasse pela minha cabeça que os depoimentos não são autênticos, eu jamais investiria tempo e dinheiro para trazer o blog para o nosso portal. Eu quero autenticidade e sinceridade, e a autora do blog passa tudo isso em cada um dos seus textos. Mesmo nos iniciais e mais dramáticos. E o mais importante é que ela tem a confiança das leitoras.

Clarissa ficou feliz por estar embaixo da mesa, porque com certeza estava roxa de vergonha.

— Com base em que você acha que são relatos mentirosos? — Elizabete pressionou Juliana.

— Nada. — A jornalista veterana não estava acostumada a ser colocada na berlinda. Em geral, era ela quem constrangia as pessoas. — É que eu fico com a impressão de que ela está sendo exagerada.

— Por quê? — insistiu Elizabete, não deixando a insubordinação passar.

— Só porque você tem dificuldade de gozar, Ju, não significa que todo mundo tenha — alfinetou Alan.

Clarissa cobriu a boca para não soltar uma gargalhada ali debaixo da mesa. Pegou o lápis e começou a engatinhar de volta para o lugar.

— Gente, vamos encerrar por aqui — disse Elizabete. — Quem tiver alguma dúvida, é só falar. A porta da minha sala está sempre aberta.

A reunião acabou quase na hora do almoço, e Clarissa e Alan saíram juntos para colocar o papo em dia. Assim que sentaram para comer, ela perguntou:

— Como estão as coisas com você? Passou a virada de ano com o Gil?

O amigo suspirou.

— Ai, foi maravilhoso! Fomos a uma festa animadíssima, dançamos muito e assistimos à queima de fogos juntinhos. Primeira vez que passo o Réveillon com um namorado.

— E foi o primeiro, em muito tempo, que passei sem namorado.

— Vai dizer que está tendo uma recaída.

— Ah, acho que por ser período de festas, bateu uma saudade de ter o Alê do meu lado. E já sei que o casamento da Dafne vai ser uma tortura pra mim.

— Já disse uma vez e repito: você precisa se dar um tempo pra sofrer antes de mergulhar de cabeça nessas aventuras.

Clarissa deu um sorriso triste.

— O Réveillon não foi muito legal. Fiquei com um cara muito escroto.

Clarissa contou resumidamente o que tinha acontecido e o pânico que sentia de ter pegado alguma doença. Alan disse exatamente o que Mel tinha dito: ela precisava procurar um médico e fazer todos os exames.

Os dois pagaram a conta e, a caminho da revista, conversaram sobre assuntos mais leves. Assim que chegaram, Juliana provocou:

— Almoço longo, hein?

— Você agora foi promovida a relógio de ponto? — perguntou Alan. — Jesus, como gosta de tomar conta da vida dos outros.

Clarissa nem respondeu. Foi direto para sua mesa e desbloqueou a tela do computador para começar a rascunhar a matéria que Elizabete lhe passara, mas não estava inspirada, então resolveu limpar a caixa de entrada do Outlook e fazer algumas pesquisas. Estava tão concentrada que quase pulou de susto quando ouviu a voz de Juliana.

— Depois da reunião, fui falar com o Rodolfo, do Jurídico, para perguntar o que ele sabia sobre o contrato com a Drama Queen.

Clarissa sentiu o rosto quente, mas fingiu que não ouviu e continuou digitando como se sua vida dependesse daquilo.

Alan retrucou:

— É mesmo? Por que você está tão interessada nisso? Não tem nada a ver com a gente.

— Eu queria saber quanto essa mulher vai ganhar pra ficar escrevendo que gozou, que está confusa, que não sabe o que fazer, que quer conselhos. — O tom de Juliana era de pouco-caso. — Que mulher pentelha.

Clarissa manteve os olhos na tela, mas sentiu o suor começar a brotar na testa.

— Acho que você devia se preocupar com a sua vida. — Alan voltou a atenção para o próprio computador.

— Quando eu contar pra vocês quanto ela vai ganhar, talvez vocês queiram criar um blog anônimo também.

Isso despertou o interesse de Alan, que, pilotando sua cadeira de rodinhas, passou por trás de Clarissa até parar ao lado de Juliana.

— Conta tudo!

Clarissa percebeu que não teria como continuar digitando letras aleatórias e tentou demonstrar um pouco de curiosidade.

— Conta logo — pediu, fracassando no intuito de parecer animada.

— O Rodolfo disse que a proposta inicial que mandaram foi de um ano de salário de editor só para trazer o blog pro portal da revista, *mais* um valor exorbitante por postagem, *mais* uma porcentagem dos anunciantes.

Alan assoviou, impressionado.

— Além de orgasmos múltiplos, vai ter pagamentos múltiplos.

Clarissa, que estava por fora das negociações depois de ter dado carta branca para Mel resolver tudo, ficou de boca aberta. Ia ligar para a amiga assim que aquela conversa acabasse para se encontrarem. Com certeza Juliana estava inventando aquilo para chamar atenção. Era a cara dela fazer esse tipo de coisa.

— Confesso que ainda não li esse blog — contou Alan. — Você já leu, Cla?

Ela detestava mentir para o amigo, mas se esforçou para fazer um ar blasé.

— Achei legalzinho, mas não faz muito o meu estilo.

— Pois eu acho que nem legalzinho é — retrucou Juliana, despeitada. — Acho que começou cafona e agora é só vulgar. — Ela jogou o cabelo para o lado. — E com certeza não justifica essa grana toda. Tudo bem que é um blog novo que já conquistou muitas leitoras. Mas acho que a Elizabete está cometendo um erro.

Alan ficou sério, e Clarissa voltou a digitar como se tivesse sido atingida por uma onda de inspiração enviada pela própria Calíope, musa da eloquência.

— Já estou há um tempo aqui na revista — disse Alan. — E uma coisa que aprendi é que a Elizabete fareja as novas tendências muito antes de qualquer pessoa. Se ela resolveu apostar nesse blog, não tenho a menor dúvida de que vai ser um sucesso. Gostem vocês ou não.

Clarissa continuou concentrada na tela, como se não estivesse mais ouvindo, e Juliana respondeu:

— Tenho minhas dúvidas.

Alan retornou sentado na cadeira, feito um caranguejo, até a frente do computador, dando o assunto por encerrado, e Clarissa suspirou de alívio.

— Moço, as fotos já ficaram prontas? — Clarissa entregou o canhoto para o atendente da loja da Kodak.

O rapaz se virou para um escaninho cheio de envelopes enquanto ela aguardava, ansiosa. Ficou muito satisfeita quando viu que a revelação de uma hora não tinha atrasado. Essa modalidade era mais cara, mas ela não ia aguentar esperar para pegar no dia seguinte.

Clarissa nem esperou sair da loja para abrir o primeiro envelope e tirar o bolo de fotos. Sentou em um banco e começou a passar rapidamente pelas imagens: a festa da família no Natal, trocando presentes, brindando, rindo, comendo, depois ela e Mel se arrumando para o Réveillon em Angra dos Reis, depois a festa. Ela e o Deus Grego se beijando no iate. Rasgou essa foto na hora. Prendeu a respiração quando viu a última: Enrico sentado na cama dela, sem camisa, rindo para a câmera. Suspirou, lembrando daquele momento descontraído. Apesar de tudo, seu coração ainda acelerava quando o via. Mas sabia que esse trem tinha partido e que era melhor se concentrar no presente.

Abriu o segundo envelope e viu o tom azulado do fundo do mar. Aquele tinha sido o ponto alto da viagem para Angra. Tinha amado os mergulhos, os peixes, os corais. Acima de tudo, amou o silêncio lá embaixo. Foi passando as fotos, já fazendo uma pré-seleção das que enviaria com a proposta que estava desenvolvendo para apresentar a Elizabete. Foi arrancada dos pensamentos e planos quando ouviu sua bolsa vibrar e tocar, e logo se lembrou do celular que ganhara dos pais.

— Amiga! Cadê tu?

— Mel! Já chegou? Combinamos às oito!

— E que horas você acha que são?

Clarissa olhou para o relógio. Oito e quinze. Caraca, tinha perdido a noção do tempo.

— Aguenta firme que em cinco minutos estou aí.

Saiu correndo pelo shopping, sem se importar com os olhares julgadores. Chegou ao restaurante esbaforida e um pouco desgrenhada.

— Caralho, Clarissa! — reclamou Mel. — Não sei por que me dou ao trabalho de ser pontual.

— Desculpa, Mel. Fui pegar as fotos do Natal e do Réveillon e não aguentei de curiosidade.

— Oba! Quero ver!

Clarissa pediu uma Coca-Cola e foi passando as fotos para a amiga. Quando chegou à do Enrico, ouviu:

— Me diz que você lambeu esse tanquinho todo.

— Mel!

— Que foi? Você escreve coisa muito pior do que isso!

— Psiu!

Mel riu e Clarissa comentou:

— Falando nisso, hoje lá no trabalho rolou um papo sobre o contrato.

— Como assim? Esse contrato é confidencial.

— Eu também achei que fosse. Por isso acredito que o que a fofoqueira de plantão disse é mentira. Até porque os valores são altos demais.

Clarissa contou tudo para a amiga, que fez cara de preocupação.

— Olha, o que ela disse está bem perto do que estamos negociando. Hoje mesmo eu coloquei uma cláusula dizendo que o blog e todo o conteúdo são exclusivamente seus. E que se a revista revelar o seu nome vai ter que pagar uma multa.

— Caraca, Mel. Você pensou em tudo.

— Ué, o meu trabalho é defender os interesses da minha cliente. E, quanto mais você ganhar, mais eu ganho também.

— Você é demais mesmo, amiga! Ainda bem que é minha advogada! — Clarissa empinou o nariz. — Que chique isso, "minha advogada".

As duas caíram na risada.

— Mas sério agora: acho que assinamos o contrato até sexta-feira. E você vai receber uma bolada!

— Então hoje o jantar é por minha conta — disse Clarissa, feliz.

http://estilhacosdeumcoracaopartido.blogspot.com

SÍNDROME DE ABSTINÊNCIA

quinta-feira, 4 de janeiro de 2001

Tô carente, me sentindo um cocozão com mosquinhas voando em volta. E o pior é que nem posso tentar encontrar alguém para me anestesiar, porque quero esperar o resultado dos exames que fiz para DSTs por causa do filho da puta do Deus Grego. Se ele me passou alguma coisa, não quero infectar ninguém.

Então, o que me resta nesta noite de quinta-feira? Assistir *Plantão médico* com uma bacia de pipoca e um copão de Coca-Cola.

A Doidinha me chamou para sair, mas não animei. Só queria voltar no tempo e tentar fazer alguma coisa para impedir que o meu namoro com o Ex degringolasse, sabe? Assim minha vida ainda estaria arrumadinha e seguindo todos os meus planos.

A única coisa ruim é que eu ia continuar achando que orgasmos múltiplos eram lenda urbana.

Ah, e também não teria conhecido vocês. Mesmo que virtualmente.

Beijos,

Uma Drama Queen com síndrome de abstinência sexual

Capítulo 23

Clarissa abriu o envelope dos exames com as mãos trêmulas. Passara a semana anterior carregando o peso do mundo nas costas, com medo de ter pegado alguma doença do escroto do Réveillon. Depois de ler o resultado, finalmente podia respirar.

As leitoras do blog a ajudaram a conter a ansiedade, e ela agradecia aos céus por aquela rede de apoio formada por desconhecidas. Algumas foram acolhedoras, outras, protetoras, e poucas, julgadoras. Meia dúzia de comentários bem grosseiros a fizeram se sentir péssima. Mel tinha dado a maior força. Era bom ter uma pessoa com quem conversar sobre tudo, inclusive sobre o blog.

Ela voltou para a revista se sentindo leve e positiva e resolveu procurar a editora-chefe para apresentar o projeto que vinha desenvolvendo paralelamente ao trabalho. Sentia que as coisas estavam começando a dar certo para ela, pelo menos na vida profissional.

Clarissa apertou a pasta contra o peito, respirou fundo algumas vezes e bateu na porta da sala de Elizabete, que levantou o olhar por sobre os óculos de grau.

— Oi, Clarissa! Pode entrar.

— Oi, Elizabete. Está ocupada?

— Imagina. Estou sempre disponível para orientar vocês — respondeu a editora-chefe com um sorriso. — Gostei muito da matéria que você escreveu sobre Petrópolis. Fiquei até com vontade de subir a serra.

Clarissa abriu um sorrisão.

— Ah, você não imagina como fico feliz.

Elizabete fez um gesto para ela sentar.

— Então, em que posso ajudá-la?

— Eu sei que a gente tem a reunião de pauta para isso, mas tive uma ideia que acho boa, só não sei bem se é isso que a revista espera.

Elizabete ergueu uma das sobrancelhas, e Clarissa resolveu ir direto ao assunto:

— Eu entrei no caratê depois que o meu namoro acabou. Era um sonho de criança, mas meu pai nunca me deixou fazer porque achava que era "coisa de menino". — Ela fez aspas no ar. — Além disso, fiz aula de mergulho em Angra e foi maravilhoso. Tudo isso me inspirou a apresentar um projeto para uma série de reportagens sobre mulheres que praticam esportes considerados masculinos.

Ela entregou a pasta para a editora-chefe, que a colocou em cima da mesa sem abrir.

— Trouxe também umas fotos para você ver. Sei que eu sou novata e que você disse para não ir com muita sede ao pote...

Elizabete se recostou na cadeira.

— Exatamente, Clarissa. Você é novata e fica com as matérias que os editores definem para você, ainda não escolhe o que vai escrever.

— É que eu pensei...

Elizabete levantou a mão.

— Vamos esclarecer uma coisa, Clarissa. Existe uma reunião de pauta para apresentarmos propostas e defendermos as nossas ideias. Você já deu sorte com a matéria do Ariano Suassuna, eu te dei corda e a matéria foi um sucesso. Mas a Marisa, que é a sua chefe direta, ficou bem chateada por não ter sido consultada, e eu precisei fazer um meio de campo.

Clarissa baixou a cabeça, percebendo que tinha sido precipitada. Elizabete continuou:

— Se você realmente acredita nessa matéria, converse com a Marisa e veja o que podem fazer juntas. Não é legal passar por cima dela.

Clarissa agradeceu e voltou para sua mesa se sentindo derrotada. O corpo permaneceu na redação, mas a cabeça estava longe.

Deu graças aos céus quando chegou a hora de ir embora. A aula de caratê seria uma boa válvula de escape depois da decepção do dia. Ela poderia descarregar todas as frustrações soltando os gritinhos do *kata* — gritinhos, não *kiai*, como Enrico tinha dito. Sorriu ao pensar nele. Sentia falta de ter um PA, principalmente depois do fiasco do Réveillon. Chegou a rascunhar um e-mail para ele, mas perdeu a coragem de mandar quando lembrou da expressão de nojo no rosto dele antes de ir embora.

Ao chegar em casa, a secretária eletrônica estava piscando. Ela rebobinou a fita para ouvir. A primeira mensagem era de Dafne, lembrando que ela teria a última prova do vestido de madrinha no sábado seguinte. A segunda era da mãe, lembrando a mesma coisa e dizendo que estava com saudade da caçula. A terceira era de Alê, e ela pulou. Do jeito que andava carente, era bem capaz de cair no papinho do ex e aceitar qualquer coisa que ele oferecesse.

http://estilhacosdeumcoracaopartido.blogspot.com

REFLEXÕES PENIANAS

sexta-feira, 12 de janeiro de 2001

Definitivamente comecei o ano com o pé esquerdo. Tá dando tudo errado. Nem o sexo casual tem me salvado. E juro que não estou exagerando no drama.

Acabei de voltar de um encontro frustrante com um cara bonito, interessante, bom de papo, cheiroso e inteligente.

Mas, gente, quando ele tirou a cueca, tive que me segurar...

Nunca tinha visto um pau tããããão pequeno. Fiquei com dó e com medo de a camisinha soltar dentro de mim.

Mas resolvi encarar o desafio.

http://estilhacosdeumcoracaopartido.blogspot.com

Sabe aquela história de que tamanho não é documento e o que importa de verdade é saber usar?

Então... MEEEEENTIIIIIIIIRAAAA!

O cara até que se esforçou, foi atencioso e empenhado nas preliminares, e eu juro que tentei me concentrar. Mas a certa altura resolvi fingir um orgasmo para acabar logo com aquilo. Quem nunca fingiu, né?

Cheguei em casa frustrada e resolvi meu problema orgásmico com a duchinha do banheiro.

AMÉM!

quinta-feira, 18 de janeiro de 2001

Nossa, gente! Acho que venci a onda de azar e finalmente tive meu primeiro encontro bom do século XXI.

Tudo bem que foi com figurinha repetida do século passado.

O Carinha da Faculdade é muito gostosinho e foi ainda melhor do que eu lembrava.

Acho que, quando a gente transa pela primeira vez com um cara, rola todo um mistério, aquela curiosidade sobre como vai ser, e isso acrescenta camadas à questão.

Mas transar com um cara que já conhecemos (e que obviamente merece um bis) traz outro tipo de intimidade e uma leveza que eu também curto muito.

Ufa! Espero que as coisas realmente melhorem. Eu já estava ficando traumatizada depois do Deus Grego filho da puta e do Pintinho Amarelinho.

Torçam por mim.

Beijos,

Drama Queen

Capítulo 24

Clarissa saiu da reunião de pauta se sentindo mal. Tinha a nítida sensação de que Marisa estava se vingando dela pela matéria sobre Ariano Suassuna e, uma vez mais, havia ficado responsável pelas resenhas de livros. Adorava ler, mas com certeza tinha capacidade de fazer muito mais na revista. Ainda não havia reunido coragem para propor à sua chefe direta a série de reportagens sobre mulheres que praticam esportes considerados masculinos. O dia pareceu se arrastar e, quase na hora da saída, ouviu Alan dizer:

— Clarissa Maria de Jesus. Vou pra sua casa com você hoje e vamos pedir uma pizza.

Ela olhou espantada para o amigo, que nunca tinha se convidado para ir à sua casa.

— Claro. Mas o que houve? — perguntou, desligando o computador.

— Melhor falarmos na sua casa.

— Tá tudo bem com você e o Gil? Aconteceu alguma coisa?

Alan negou com a cabeça.

— Tudo maravilhosamente bem. Se melhorar estraga.

— Então o que houve?

— Você já vai saber!

Clarissa estranhou a atitude do amigo, que costumava falar tudo na lata.

Foram caminhando para a casa dela papeando sobre amenidades. Sempre que ela insistia em saber qual era o assunto, ele dizia que queria falar quando estivessem sozinhos. Se ele não fosse gay, talvez ela achasse que ia se declarar ou tentar agarrá-la no apartamento. Assim que fechou a porta, ela olhou para ele e levantou uma das sobrancelhas.

— Como está indo a vida de solteira? — Alan começou.

— Ah, no início tava melhor... Ultimamente tenho tido umas experiências bem frustrantes.

— Sei. Depois do PA e do Carinha da Faculdade, o Deus Grego e o Pintinho Amarelinho deixaram muito a desejar, né?

Clarissa congelou ao ouvir os apelidos que usava no blog. Começou a suar frio, mas decidiu se fazer de boba.

— Do que você tá falando?

— Eu li tudo isso no *seu* blog.

Alan só podia estar jogando verde. Como ele poderia ter certeza de que ela era a Drama Queen?

— Que blog?

Ele deu uma risadinha.

— Você tem que comer muito arroz com feijão pra me enganar. Eu li o blog de cabo a rabo no fim de semana e sei que você é a Drama Queen do Estilhaços de um Coração Partido. Só não te liguei porque sabia que você estava ocupada com as coisas do casamento da sua irmã.

Ela ficou encarando o amigo, mas não conseguiu dizer nada.

— Eu comecei a ler e reconheci algumas histórias. Reconheci os sonhos que você tinha com o Alê. Mas só tive certeza mesmo quando você usou as minhas palavras no blog: *resultados nefastos*.

Consciente de que não tinha mais argumentos, Clarissa se deu por vencida. Curvou os ombros e cobriu os olhos com as mãos.

— Ai, Alan, por favor, não conta pra ninguém.

— Claro que não, né? Isso pode dar uma merda federal pra você, pra revista, pra Elizabete...

— Não se preocupa. A Mel é minha advogada e está cuidando de tudo.

— Agora me conta: você ficou rica? Ou melhor, mais rica?

— O pagamento pra levar o blog pra revista foi bem alto. Mas é a Mel que está resolvendo isso. Eu nem sei de todos os detalhes.

— *Aff!* Gente rica é tão chique que nem liga pra dinheiro.

— Minha família que é rica — retrucou ela.

— Disse a garota que mora em um big de um apartamento em Ipanema, a menos de cinco minutos da praia e a quinze minutos do trabalho, e ganha uma mesada maior que o salário de foca.

— Não é que eu não ligue pro dinheiro — disse Clarissa, na defensiva —, mas só criei o blog pra desabafar. O que eu quero mesmo é ser reconhecida pelo meu trabalho como jornalista.

— Mas olha o sucesso que você tá fazendo!

— Não sou eu. É a Drama Queen. Fico até surpresa com a quantidade de comentários! E os números cresceram ainda mais quando o blog foi pro portal. A primeira postagem já fez o maior sucesso!

— Também, o título é "Reflexões penianas". — Alan deu risada. — Nunca imaginei você escrevendo sobre pau. Você sempre foi tão certinha.

— Sabe, tô descobrindo uma Clarissa que nem eu sabia que existia.

— Pois digo que eu gosto muito dessa Clarissa que você está mostrando no blog, e acho que você devia se revelar pro mundo.

— Você endoidou de vez. Só se for pra matar meus pais de desgosto.

— Se você não quer que descubram sua identidade, precisa ter mais cuidado. Sério mesmo. Porque, se eu percebi, acho que outras pessoas da revista também podem juntar os pontos.

Clarissa sentiu um frio na barriga só de imaginar que alguém mais pudesse decifrar aquele mistério.

— Será que mais alguém sacou? Só consigo escrever daquele jeito porque ninguém sabe que sou eu. E agora, olhando pra sua cara e sabendo que você leu tudo que eu escrevi, tô morrendo de vergonha.

Alan deu um tapinha no ombro dela.

— Vergonha de quê, mulher? De ser humana? De curtir a vida? De gozar? De ficar frustrada?

— Fala baixo!

— Você e a Mel chegaram a conversar sobre os desdobramentos pra você se a diretoria da revista descobrir?

— Ela incluiu uma cláusula dizendo que, se o meu nome for revelado pela revista, eles vão ter que pagar uma multa. E outra dizendo que o blog e todo o conteúdo pertencem a mim, apesar de estar sendo publicado no portal da revista.

— Olha, acho que tem outras questões aí. Não sei se pode ser um problema você estar recebendo como funcionária da empresa e como terceirizada... Se não tem nenhum problema legal, acho que pode ter algumas questões éticas que vocês não consideraram.

Clarissa empalideceu.

— Você acha que eu posso perder meu emprego?

— Certeza que vai perder se descobrirem. Mas, como o blog é um sucesso e parece que está bem amarrado contratualmente, acho que você não vai ter problemas com isso.

— Ai, fiquei nervosa agora. Vou combinar de conversar com a Mel pra gente ver a melhor forma de lidar com isso.

— Por que você não liga pra ela vir comer pizza com a gente? — sugeriu Alan.

— Beleza.

Clarissa ligou para Mel e, em seguida, para a pizzaria. Depois começou a arrumar a mesa, enquanto conversavam.

— Tô achando tudo de bom esse sucesso que você tá fazendo. E achando ruim não poder contar pra todo mundo que eu tenho uma amiga famosa.

Ela deu um sorriso triste.

— Essa é a questão. Eu queria estar fazendo sucesso como Clarissa Brandão, não como Drama Queen. Até agora só escrevi sobre cinema e livros e fiz aquela matéria sobre Petrópolis que você pediu pra eu escrever.

— Ah, mas você assinou a matéria do Suassuna, que foi um sucesso. A revista recebeu um monte de cartas e e-mails de leitoras.

O comentário não a animou.

— É, eu sei, mas a Elizabete disse que a Marisa ficou chateada por eu não ter falado com ela primeiro. Acho que é por isso que agora só me passa resenha de livros.

— É, você mandou mal nisso. Precisa aprender a ser menos impulsiva e mais política. Pelo menos como Clarissa. — Ele deu uma piscadinha.

http://estilhacosdeumcoracaopartido.blogspot.com

QUE VERGONHA

sexta-feira, 26 de janeiro de 2001

Vocês não vão acreditar!

Achei um diário meu da época em que comecei a namorar o Ex. E estou aqui me encolhendo de vergonha. Olhem isto:

"Espero que ele seja o único homem da minha vida, e eu a única mulher da dele, e que sejamos muito felizes juntos como marido e mulher. Nós e nossos filhinhos".

Ah, como eu era romântica e crédula. Que saudade de acreditar em finais felizes.
Fiquei aqui pensando se eu pudesse viajar no tempo para conversar com o meu eu do passado. O que diria para ela? Será que jogaria a realidade na cara dela ou a deixaria viver essa ilusão?

Não sei. Acho que precisei passar por tudo que passei para estar aqui hoje. Não sei se mudaria as coisas.

E vocês? Que recado dariam para o seu eu do passado? Estou curiosa.

Beijos,
Drama Queen

Capítulo 25

O grande dia de Dafne finalmente havia chegado. Clarissa tinha ido bem cedo com a mãe e a irmã para um spa hotel onde iriam relaxar, ser mimadas e se arrumar para o casamento. Depois dos meses na loucura da preparação, Dafne parecia serena e calma, como se tivesse nascido para o papel de noiva perfeita.

Estavam só as duas na sauna quando Dafne cantarolou:

— Você não vai acreditar em quem eu escolhi pra entrar na igreja com você!

— Não sei por que você está fazendo tanto mistério.

— Ainda não contei pra ninguém. Só quem sabe é o padrinho, o Gab e eu.

Clarissa fungou.

— Eu bem que tentei perguntar pra mamãe, porque tenho medo das suas surpresas, mas ela disse que não sabe quem é. — Ela olhou para a irmã. — É alguém que eu conheço, pelo menos? Não é aquele lance de blind date, né?

Dafne riu e negou com a cabeça.

— Relaxa, maninha. É alguém que você conhece, e acho que eu tenho um bom toque de Cupido. Você vai gostar.

Clarissa fez cara de advertência.

— Daf, eu já disse que não quero namorar e que no momento estou focada na minha carreira. Não tenho cabeça pra lidar com um relacionamento agora.

— Hum, pode repetir isso quanto quiser. Eu sei que no fundo você é uma romântica.

— Na verdade, tô descobrindo que não sou.

Dafne fez um som de dúvida e mudou de assunto:

— Vamos tomar uma ducha e seguir pra sessão de massagem. Depois um almoço leve, e aí vamos nos arrumar.

Clarissa levantou, se enrolou na toalha e seguiu a irmã, disposta a fazer o possível e o impossível para que o dia de Dafne fosse ainda mais perfeito que o planejado.

Clarissa estava com as outras madrinhas, conversando e rindo, mas na verdade não via a hora de tudo aquilo acabar para poder voltar para sua vida no Rio. Queria deixar para trás as piadinhas de que acabaria "encalhada" ou "para titia". Estava com um sorriso fixo no rosto, aquele que usava de escudo todas as vezes que ia para Petrópolis.

No meio da confusão de padrinhos que esperavam a chegada da noiva, Clarissa ainda não localizara aquele que seria seu par. Dafne se despedira dela com um comentário hermético: ela saberia exatamente com quem deveria entrar.

Sentindo um toque no ombro, ela se virou e se deparou com Enrico. O coração foi a mil. Não tinham se falado desde que ele deixara o apartamento dela naquela noite fatídica, então Clarissa olhou atentamente para o rosto dele em busca de sinais de raiva e animosidade, mas só viu o Enrico de antes da briga. Abriu um sorriso e disse a primeira coisa que passou pela cabeça:

— Ai, que bom que você tá aqui. Cheguei faz meia hora e não aguento mais as pessoas comentando sobre o meu cabelo e perguntando da minha vida amorosa.

Clarissa se xingou mentalmente diante da própria falta de tato e sentiu o rosto esquentar. Com certeza suas bochechas estavam tão vermelhas quanto o vestido justo tomara que caia que usava, mas Enrico só deu aquele sorriso de lado que fazia as pernas dela ficarem bambas.

— Eu já disse que acho o seu cabelo lindo.

Graças aos céus ele não fez comentários sobre a vida amorosa de Clarissa e agiu normalmente, como se nunca tivesse sido seu PA. Ela olhou para o relógio dourado em seu pulso e esticou o pescoço, procurando em volta para encontrar seu par. Estava começando a ficar nervosa e com ímpetos de estrangular a irmã. Quando Dafne tentava ser engraçadinha, superava qualquer um.

— Acho melhor você entrar e procurar um lugar. A igreja está lotada e o meu pai já avisou que a Dafne está a caminho. Ainda tenho que encontrar a pessoa com quem a minha irmã decidiu que eu vou entrar.

Enrico abriu o paletó e puxou a gravata, exatamente da cor do vestido de Clarissa.

— Acho que estou no lugar certo.

Ela abriu a boca e ficou sem palavras. Dafne realmente a tinha surpreendido. Lembrando da conversa daquela manhã, Clarissa concluiu que a irmã era bem mais perspicaz do que parecia.

— A Dafne me pediu logo depois do Natal pra substituir o seu ex-namorado — disse ele. — Confesso que fiquei surpreso com o convite.

— E você aceitou mesmo depois de tudo que aconteceu… — disse Clarissa, baixinho.

Enrico estava ajeitando a gravata e abriu a boca para responder, mas foi interrompido pela cerimonialista:

— Pessoal, a noiva já está chegando. Vamos nos organizar. Vou chamar o nome de vocês para formarmos a fila de entrada.

Clarissa aceitou o braço que Enrico ofereceu e abriu um sorriso leve. Era estranho como, mesmo depois de terem se desentendido, ela se sentia bem ao lado dele.

— Lembrem-se — disse a cerimonialista. — Entrem com o pé direito!

Começou a tocar a música, e os pais e padrinhos iniciaram a procissão de entrada. Gab parecia nervoso ali no altar. Era quase como se ele e Dafne tivessem trocado de posição. Nos meses que antecederam o casamento, ele se mantivera calmo, em contraponto a uma Dafne tensa e estressada. No dia da cerimônia, porém, ela despertara tranquila e serena, enquanto o noivo se mostrava agitado e parecia não acreditar que o momento tinha finalmente chegado.

Outra música, mais suave, se fez ouvir, e as portas se abriram para a noiva. Clarissa sorriu ao ver duas fileiras de daminhas jogando pétalas de rosas pelo tapete vermelho. Assim que a última chegou ao altar e foi levada para o seu lugar, a igreja caiu no mais absoluto silêncio.

Soaram os primeiros acordes da "Marcha nupcial" e Dafne surgiu na porta, de braço dado com o pai, linda e plena com o vestido dos seus sonhos, parecendo uma princesa. Clarissa sentiu os olhos marejados e levou a mão acima dos lábios, como se pudesse impedir que uma torrente de lágrimas escorresse pelo seu rosto. Enrico percebeu o movimento e lhe ofereceu um lenço de tecido. Ela aceitou sem afastar o olhar da irmã e se aconchegou mais a ele, que a abraçou pela cintura.

A cerimônia foi lindíssima, perfeita. Dafne tinha se superado, e tudo saiu exatamente como ela sonhara. Clarissa se emocionou mais uma vez na troca de alianças, e Enrico aproveitou para puxá-la mais para perto.

Na saída, os fotógrafos chamaram os pais e os padrinhos para tirar fotos com os noivos antes de irem para a festa no Hotel Quitandinha. Enrico permaneceu o tempo todo ao lado de Clarissa, fazendo piadinhas e aproveitando para segurar na cintura dela na hora das fotos. O clima entre os dois era leve e gostoso, apesar do que tinha acontecido antes do Natal.

— Filha — chamou o pai —, você vai para a festa com a gente? O Gui já foi.

Antes que Clarissa tivesse a chance de responder, Enrico interveio:

— Ah, vai comigo pra eu não ir sozinho.

Ela não esperava aquele desdobramento, mas não disse nada e simplesmente o acompanhou até o carro. Como sempre, ele abriu a porta para ela; como sempre, ela se sentiu especial.

— Faz um tempo que eu queria falar com você — disse ele, assim que entrou no carro. — Acho que eu reagi mal aquele dia na sua casa.

— Fiquei bem chateada com tudo que aconteceu. Realmente achei que eu estava agindo de acordo com o combinado, não queria te magoar. Foi mal mesmo.

Enrico engatou a marcha à ré e tirou o carro da vaga.

— Eu pensei muito, e foi bom aquilo ter acontecido, pra eu perceber que relacionamentos não são pra mim. Sejam casuais ou não, eu não nasci pra isso.

Clarissa sentiu uma fisgada de decepção no peito. Tinha chegado a pensar que Enrico queria voltar a ser seu PA, mas ele estava deixando claro que não passariam de bons amigos.

— E como estão as coisas na revista? — perguntou ele.

— Estão bem. O pessoal elogiou muito a matéria sobre Petrópolis. Não sei se você viu.

— Pensei em te ligar pra agradecer por ter citado o Touro Louco. Mas depois de tudo... — Ele colocou a mão na coxa dela de um jeito carinhoso. — Não é todo dia que um empreendedor pequeno aparece em uma revista de circulação nacional.

Clarissa se surpreendeu com o toque, sentindo o calor da mão dele subir pela sua pele até chegar a recantos bem íntimos, e só conseguiu pensar que daria tudo por um repeteco. Mesmo que fosse o último. Mas Enrico tinha deixado bem claro que não queria mais nada com ela.

Estacionaram o carro e seguiram para o salão de festas, muito bem decorado. Mesas com arranjos altos e baixos de flores cor-de-rosa se alternavam, formando o corredor de entrada e contornando a pista de dança. Os garçons já estavam servindo champanhe e as delícias que Dafne escolhera com cuidado na degustação com o pessoal do bufê. Clarissa pegou uma taça e foi abordada por Cristina, sogra de Dafne.

— Clarissa, minha querida — disse ela, abraçando-a. — Simplesmente adorei o seu vestido e o casal lindo que você e o Enrico formaram no altar. Você fisgou um ótimo partido. — E apertou a bochecha de Enrico.

— Não sou peixe pra ser fisgado, tia — brincou ele. — Vocês não dizem que eu sou um solteirão convicto?

Cristina pareceu decepcionada e perguntou, como se Clarissa não estivesse presente:

— É por causa do cabelo dela, não é? Ela realmente fica melhor de cabelo comprido. Eu falei isso pra Maria Helena e pra Dafne, mas elas disseram que a Clarissa é assim mesmo.

Clarissa sentiu uma coisa explodir dentro do peito. Achou o fim da picada ser humilhada ali, na frente de Enrico, com Cristina falando dela como se não estivesse presente. A resposta saiu atravessada e petulante:

— Meu cabelo e com quem eu saio ou deixo de sair não são da conta de ninguém.

Ela se empertigou e se afastou rapidamente, deixando Cristina e Enrico sem reação. Seguiu no contrafluxo dos convidados que chegavam, se amaldiçoando mentalmente pela explosão, mas tudo tinha um limite. O dela havia chegado quando ouviu o comentário de Enrico sobre ser fisgado. Como se ela tivesse tentado fisgá-lo e fracassado, como se não bastasse a afronta de ter sido chifrada pelo namorado. Como se não bastassem os olhares de pena.

Clarissa sentiu que precisava se afastar um pouco daquilo tudo; não podia surtar e estragar o casamento da irmã. Da última vez que saíra do prumo, tinha tosado o cabelo e destruído a traseira do carro de Alê.

Tentando acalmar a respiração, foi caminhando para a saída do salão, que começava a encher. Ela amava muito a irmã e queria que a noite dela fosse perfeita, mas não via a hora de aquela tortura acabar. Na verdade, daria tudo para sumir dali em um passe de mágica. Como não dava, ficar um tempo sozinha iria ajudar a controlar as emoções para sobreviver até o fim da festa com um sorriso no rosto enquanto as pessoas faziam perguntas e comentários invasivos e ofensivos sobre sua vida.

Seguiu pelo piso de mármore trabalhado em padrões de preto e branco, passou pelas gaiolas gigantes do jardim de inverno, até chegar ao Salão Azul, um espaço amplo e silencioso, cercado por colunas, onde muito tempo antes funcionara o cassino. Frágil e com vontade de chorar, ela precisava recobrar a calma para conseguir terminar a noite com o mínimo de dignidade. Caminhou bem devagar, ouvindo os próprios passos ecoarem no piso elegante. Olhou para o teto abobadado, que lembrava o céu noturno.

Tentou distrair a mente agitada, lembrando das antigas apresentações de balé no teatro mecanizado, bem ali do lado. A emoção do ensaio geral e da apresentação em si. O prazer da mãe ao maquiá-la e penteá-la para que ficasse perfeita. Maria Helena sentia um orgulho imenso por Clarissa ser a melhor aluna, a mais bem-arrumada e bem-comportada. Deu uma risadinha ao recordar que a mãe ficara arrasada quando a caçula desistira do balé. Ela queria entrar no caratê com Gui, mas o pai não permitira, nem mesmo quando Maria Helena tentou interceder; foi por isso que, de birra, Clarissa decidira que não ia mais dançar. Hoje ela entendia as motivações da Clarissinha, mas também se arrependia. A dança tinha sido uma de suas paixões.

Deu um sorriso triste quando outra lembrança surgiu em sua mente, dessa vez as bodas de prata dos pais, comemoradas ali no Quitandinha, cinco anos antes. Um Enrico desgrenhado e com sangue no canto da boca dera um encontrão nela, quase a derrubando. Ainda se lembrava da expressão de raiva no rosto dele ao dizer: "Nunca se apaixone, baixinha. Você só vai sofrer".

— Foi aqui que você veio se esconder? — A voz de Gui a sobressaltou. — Te procurei por todo lado.

— Eu precisava ficar um pouco sozinha. — Sua voz saiu trêmula e chorosa.

— Ei, o que houve? Hoje é dia de festa. E daqui a pouco os noivos vão fazer a entrada triunfal.

Clarissa foi até o irmão e viu sua expressão preocupada.

— A verdade é que os últimos meses têm sido difíceis pra caramba — confessou.

— Depois que você surtou, achei que estivesse se divertindo e tirando tudo de letra.

Ao ouvir o comentário, Clarissa se lembrou do conselho de Alan para ir com calma e não mergulhar em encontros casuais. Deu uma risada triste ao perceber que o casamento da irmã a estava despertando da ilusão de que estava tudo bem e de que podia apagar o sofrimento com sexo. E ainda havia a questão do blog, da revista e da confusão em que sua vida tinha se transformado.

— Eu me irritei com os comentários que estou ouvindo desde a igreja e achei melhor me afastar pra não ser grossa com ninguém. Quero que o dia da Dafne seja perfeito.

— E tem que ser mesmo, depois de tantos meses sendo o assunto quase exclusivo lá em casa.

— Acho muito chato que todo mundo aqui em Petrópolis valorize mais a minha vida amorosa do que a minha vida profissional. Parece que nada que eu faço vale a pena se eu não estiver pendurada no braço de um cara.

— Esquece isso, Cla. Vamos nos divertir nessa festa! Amanhã você volta pra sua vida no Rio.

Os dois entraram no salão conversando sobre assuntos mais leves e chegaram bem na hora em que foi anunciada a primeira dança dos noivos. Assim que os acordes de "From This Moment On" começaram a tocar, Dafne e Gab se olharam nos olhos e começaram a rodopiar como se nada nem ninguém importasse. Clarissa se emocionou e apoiou a cabeça no ombro de Gui, que tinha um sorriso bobo no rosto. A música romântica acabou, o DJ emendou "New York, New York" e chamou os pais dos noivos para a pista. Por fim, tocou "It Had to Be You" e convidou os padrinhos para se juntarem aos noivos. Clarissa se virou para o irmão, mas Enrico pareceu se materializar ao lado dela e os dois foram para a pista. Ela sentiu a mão firme dele na cintura, pousou a sua no ombro dele e se deixou levar pela música.

Enrico não era um bom dançarino e manteve o passo básico dois pra lá, dois pra cá, bem fácil de acompanhar. Clarissa encostou a cabeça no peito dele, fechou os olhos e se permitiu sonhar no espaço daquela música. Como seria se ele não fosse avesso a relacionamentos e ela não estivesse com o coração partido pelo ex? Será que teriam chance como casal? O pensamento a sobressaltou e ela ergueu a cabeça para dar de cara com aquele sorriso de lado que mexia tanto com ela.

Clarissa desviou o olhar e meneou a cabeça, em uma tentativa de clarear os pensamentos. Já tinha problemas demais naquela equação.

— Você ficou tensa de repente — comentou Enrico no ouvido dela. — Tenho certeza que não pisei no seu pé.

Ela se obrigou a rir da piada sem graça.

— Lembrei de um negócio do trabalho. Foi mal.

— Uma mulher linda pensando em trabalho enquanto dança comigo? Acho que estou fazendo alguma coisa errada. — Ele passou o polegar na base das costas de Clarissa, que estremeceu. — Será que a gente…

— Se importa de trocarmos? — perguntou o pai dela. — Já dancei com a Dafne e agora quero dançar com a minha outra princesa.

Enrico sorriu e pegou a mão de Maria Helena, enquanto Luiz abraçava a caçula. O pai estava claramente feliz. Sendo um dançarino muito melhor que Enrico, deu um show fazendo a filha rodopiar por todo o salão, repetindo a coreografia do aniversário dela de quinze anos. Logo depois a pista foi aberta para todos os convidados.

O DJ era ótimo, e Clarissa não saiu mais de lá. Fez o que pôde para se manter distante de Enrico e evitar o desejo do repeteco que não teriam. De repente, ouviu:

Yo, I'll tell you what I want
What I really, really want

Deu um gritinho e correu para o lado da irmã. As duas fizeram a coreografia do clipe que ensaiaram por horas a fio cinco anos antes, quando Clarissa ainda estava no ensino médio e ouvia Spice Girls no repeat o dia inteiro.

Depois de um tempo ela foi para a mesa comer alguma coisa. Tirou os sapatos e ficou aliviada ao sentir a sola dos pés latejantes tocar o chão. Fechou os olhos e suspirou antes de tomar um gole de champanhe.

— Parece que você desceu um degrau — disse uma voz perto do seu ouvido.

Clarissa se sobressaltou e cuspiu a bebida. Saiu até pelo nariz.

— Caraca, Enrico! Quer me matar de susto?

Ele riu e pegou um guardanapo para ajudá-la a se limpar. Pelo menos não tinha cuspido nele.

— Olha lá, a sua irmã vai jogar o buquê. A mulherada tá animada. Você não vai?

Clarissa deu risada.

— Ah, no momento estou mais longe do altar do que você. E isso é dizer muita coisa.

Dafne pegou o microfone.

— Atenção, atenção, todas as solteiras! Tá na hora de ver quem vai ser a próxima. — Ela olhou para a mesa da família. — Cla, o que você tá fazendo aí? Pode vir pra cá e tratar de pegar esse buquê.

Clarissa deu um sorriso triste para Enrico, encolheu o ombro e calçou os sapatos, fazendo uma careta de dor. Então foi cumprir sua obrigação de irmã e de madrinha.

http://estilhacosdeumcoracaopartido.blogspot.com

PARA TITIA

domingo, 28 de janeiro de 2001

Gente, minha família tem a mais absoluta certeza de que eu vou ficar encalhada para o resto da eternidade. E não, não estou fazendo drama, embora essa seja a minha especialidade.

Vocês tinham que ver os olhares de pena que minhas tias e as amigas da minha mãe lançam para mim quando pensam que não estou olhando... Eu acharia engraçado se não sentisse vontade de chorar.

Este fim de semana encontrei o PA, que agora é só A, já que o P infelizmente saiu da relação. Ele me tratou bem e foi até carinhoso, pediu desculpa por ter sido babaca comigo. Fiquei com vontade de beijar e dar? Fiquei. Mas ele deixou claro que não nasceu para nenhum tipo de relacionamento, mesmo que envolvesse sexo casual e mais nada. Sendo bem sincera, acho que foi melhor assim. Minha vida já está bem complicada.

O Carnaval está chegando e decidi que vou curtir muito, já que faz anos que não pulo. O Ex não gostava.

Beijo,

Drama Queen

QUARTA-FEIRA DE CINZAS

quarta-feira, 28 de fevereiro de 2001

Estou mortinha da Silva. Aproveitei muito. Conheci um gringo na sexta-feira e acabamos passando o Carnaval juntos. Eu nunca tinha transado em outra língua. E só posso dizer: *hot, hot, hot.*

Comecei a avaliar a performance dos carinhas. Não me julguem, quero entender as sutilezas e diferenças do sexo. Escolhi três quesitos: antes, durante e depois.

http://estilhacosdeumcoracaopartido.blogspot.com

Até hoje só uma pessoa conseguiu a pontuação perfeita. Ah, vocês devem estar se perguntando quem. E eu já adianto que não foi o Ex. Ele pode até ser o amor da minha vida, mas a média dele é bem baixa:

8 + 7 + 0 = 15/3 = 5

Com isso, ele está nas últimas posições, na frente apenas do Deus Grego e do Pintinho Amarelinho, por motivos óbvios.

O que me surpreendeu de verdade é que a maioria tira nota baixa no depois. São poucos os que gostam de ficar abraçadinhos quando já molharam o biscoito. Tem uns que mal terminam e já estão vestindo a calça e a cueca para ir embora. Se bem que, quando me dão o que quero, eu me despeço feliz, aproveitando os momentos de prazer para embotar, por um tempo, o sofrimento do coração partido. (Nossa, isso ficou bem dramático.)

Beijos,

Drama Queen

Capítulo 26

Clarissa chegou do caratê e foi direto para o banho, feliz porque as coisas na revista estavam começando a melhorar. Elizabete a chamara para uma conversa com Marisa e apresentara a ideia da reportagem sobre esportes radicais. A editora-chefe pedira a Marisa que orientasse a jornalista mais jovem.

Estava indo para a cozinha preparar um lanche quando o telefone tocou, e ela atendeu sem olhar o identificador de chamadas.

— Alô?

— Por favor, não desliga. Sou eu.

Clarissa gelou. Como podia ter sido tão descuidada?

— Acho que já falamos tudo que tínhamos pra falar um pro outro, Alê. E eu tenho mais o que fazer.

— Estou aqui embaixo. — A voz pareceu cansada. — Eu preciso muito te ver, falar com você. Me deixa subir?

— Nem pensar.

— Você está com alguém?

Clarissa contou até dez para não se irritar.

— Não é da sua conta.

— Cissa, se você não quer que eu suba, tudo bem. Eu entendo. Mas a gente pode pelo menos conversar aqui embaixo? Em nome de tudo que a gente viveu, me dá uma chance de explicar. Se você estiver sozinha, a gente pode até jantar.

Aquilo foi golpe baixo. Alê a conhecia bem demais. Sabia como ela valorizava a história deles. Se fosse sincera, admitiria que no fundo queria descer, queria ouvir um pedido de desculpa dele e talvez até uma proposta de reconciliação. Meneou a cabeça, como se se recusasse a deixar aquela centelha de esperança se acender.

— Tudo bem, mas depois dessa conversa você tem que prometer que vai parar de deixar recado e de mandar e-mail pra mim. Está mais do que na hora de acabar com essa palhaçada.

— Eu prometo. Se me der uma chance de me explicar, eu paro de correr atrás de você.

— Desço em cinco minutos.

Ela sentiu o nervosismo crescer enquanto trocava de roupa. Por mais que dissesse a si mesma e escrevesse no blog que estava superando o ex, sabia que o buraco era mais embaixo, que as palavras eram mais um desejo que uma realidade. O diabinho em seu ombro lembrou que ele era um escroto, traidor, filho da puta. Mas o anjinho do outro lado cochichou que ele era um cara legal e amoroso que só tinha cometido um erro.

Assim que saiu do elevador, Clarissa viu Alê segurando um buquê imenso de rosas com um sorriso tímido no rosto, que a transportou para a primeira vez que ganhara flores dele. Os dois nem namoravam ainda e ele a esperou na porta do colégio com o cabelo gosmento de gel.

— Que saudade — disse ele, abraçando-a.

Apesar de tudo, o corpo dela pareceu se aconchegar instintivamente àquele abraço, como se cada parte soubesse exatamente onde se encaixar. Naquele instante, se sentiu protegida e acolhida de um jeito que não sentia havia muito tempo. Fechou os olhos, envolvida pelo cheiro familiar, e sua força de vontade começou a ruir. Mas ela precisava ser forte; tinha sido traída da pior forma. Colocou os ombros para trás e se afastou.

— Obrigada pelas flores. Não precisava.

— Se você não descesse, eu ia deixar aqui na portaria. Sei como você gosta de ganhar flores.

Será que gostava mesmo? Ele sempre falava isso, mas ela mesma nunca tinha falado. Para ser bem sincera, perto do fim do namoro já estava achando falta de criatividade dele insistir no buquê de rosas vermelhas.

— Então, topa jantar comigo? Pode ser aqui mesmo, ou onde você quiser.

Clarissa estranhou o jeito como ele fez o convite; era sempre ele que escolhia aonde iam. Mas decidiu seguir o fluxo dos acontecimentos.

— Abriu um italiano na esquina da Garcia com a Barão da Torre que estou há tempos querendo experimentar. Dá pra ir a pé.

Deixou o buquê na portaria e os dois foram andando até o restaurante. No meio do caminho, Alê tentou pegar a mão dela, mas Clarissa se afastou.

— Desculpa, é a força do hábito.

Ela parou de andar e se virou para ele.

— O que você quer, Alê? Tudo que aconteceu e tá acontecendo foi escolha sua. Foi *você* que terminou comigo, e não o contrário.

— Tava rolando muita coisa na minha vida. Eu fiquei confuso… e me deixei levar pela novidade de uma garota me dar mole.

Três meses antes, aquilo bastaria para Clarissa ceder. Um mês antes, ela talvez o tivesse mandado para o quinto dos infernos. Mas agora, quando não sabia o que fazer para sair daquele limbo, ela conseguia entender o ex-namorado. Não respondeu, no entanto, e eles seguiram para o restaurante em silêncio. Clarissa se sentou no sofá e, em vez de ficar de frente para ela, como sempre fizeram, Alê se acomodou ao seu lado. Ela estranhou, mas não disse nada. O garçom entregou um cardápio para cada um.

— Hum, acho que já sei o que você vai querer — comentou Alê depois de um tempo.

Aquela era uma brincadeira que tinham quando namoravam: um sempre sabia o que o outro ia pedir; pelo menos Clarissa sabia.

— Também acho que sei o que você vai querer — respondeu ela.

— Aposto que você vai no risoto de filetto.

Ela concordou com um sorriso nostálgico, desistindo de pedir o espaguete à carbonara que queria. Ficou chocada ao perceber como era fácil voltar para o papel da namorada perfeita, que sabia exatamente o que dizer e fazer para agradar Alê.

— E você vai querer o paillard de mignon com fettuccine Alfredo? — O tom de Clarissa era de dúvida, mas os olhos dele brilharam na hora.

— Exatamente!

Os dois riram e ficaram conversando, petiscando o couvert e se atualizando sobre tudo que estavam fazendo. Era surpreendente saber que a vida dele estava exatamente igual a quando namoravam. Clarissa pensou em tudo que fizera naqueles três meses e meio, no tanto de gente que tinha conhecido e nas coisas que havia realizado.

— Você disse que queria curtir a vida, mas se passaram mais de três meses e você continua fazendo as mesmas coisas. Só que sem mim.

Seguiu-se um silêncio constrangedor. O garçom chegou bem nessa hora com os pratos. Ela deu a primeira garfada e declarou:

— Hum... é de comer rezando!

— O meu também tá uma delícia. Quer provar? — Ele levantou o garfo para dar na boca de Clarissa.

Mais um gesto que a pegou desprevenida. Alê nunca tinha feito isso; em geral empurrava o prato para ela mesma pegar uma garfada se quisesse. Ela ofereceu seu prato para ele experimentar, mas não imitou o gesto dele. O clima voltou a ficar leve e os dois seguiram conversando sobre assuntos mais agradáveis. Quando já estavam terminando a refeição, Alê desistiu da leveza e tocou em um aspecto difícil da vida dele, que sempre despertara o instinto protetor de Clarissa.

— O Rui e a minha mãe se separaram de novo. Eles nunca saem desse vai e volta e eu fico no meio, porque trabalho com ele.

Clarissa contraiu os lábios, como se quisesse criar uma barreira física que impedisse as palavras de consolo que sempre dizia naquelas ocasiões. Não era mais o papel dela.

— Eu sei que eles vão acabar voltando — continuou ele. — Mas não aguento mais isso.

— Imagino — disse ela, quando percebeu que ele esperava que ela falasse alguma coisa.

— O que você acha que eu devo fazer? — Ele se virou para ela e pegou sua mão.

— Dar opinião de fora é muito fácil. Acho que só você pode decidir o que fazer — respondeu Clarissa, puxando a mão de volta.

— Você é a pessoa que mais me conhece e mais sabe da minha situação. Você entende como eu me sinto em relação a tudo isso...

Clarissa resolveu sair da personagem que tinha criado para si mesma havia tanto tempo e para a qual voltava com tanta facilidade. Deixando de lado o medo de ofendê-lo ou melindrá-lo, respondeu o que realmente pensava e não o que ele queria ouvir:

— Acho que você se acomodou nessa situação e precisa parar de se fazer de vítima pra poder sair desse ciclo. Você terminou comigo dizendo que queria "viver a sua vida" — ela fez aspas no ar — e, como eu falei, continua fazendo exatamente as mesmas coisas...

Alê arfou, espantado com as palavras duras que tinha acabado de ouvir. Quando os dois namoravam, ela nunca deixara de apoiá-lo.

— Eu troquei de carro — contou ele, como se fosse uma grande mudança.

Clarissa suspirou e meneou a cabeça.

— Desculpa, eu não devia ter dado a minha opinião. Não é mais o meu lugar.

Ela fez sinal para o garçom para fugir do constrangimento.

— Você pode trazer a conta, por favor?

Alê olhou para ela, parecendo pensar em como responder. Depois de um tempo, disse:

— Você tá certa, como sempre. Está mais do que na hora de eu viver a minha vida.

— Acho que você tem que começar a correr atrás do que quer.

— É o que estou fazendo aqui, agora — rebateu ele, olhando nos olhos dela.

Mesmo sem querer, o coração de Clarissa disparou, mas ela não teve tempo de responder, já que o garçom interrompeu o momento trazendo a conta.

Alê fez questão de pagar, apesar da insistência dela em dividir, como sempre faziam antes.

— Não quero que esta noite acabe. — Ele entrelaçou os dedos nos dela assim que saíram do restaurante.

Apesar de alguns momentos incômodos, era bom estar com ele. Quase como um chinelo velho para um pé cansado. Clarissa riu do pensamento estranho e sugeriu:

— Quer dar uma volta no calçadão? Ainda é cedo.

Ele aceitou, e os dois ficaram conversando e caminhando, lembrando de coisas do início do namoro. Clarissa percebeu que estava se sentindo relaxada e calma, como havia muito tempo não sentia. Olhou para Alê e viu o amor brilhando nos olhos dele. Depois de tudo que tinha vivido, sabia, com certeza, que não era mais aquela garota que ele deixara chorando três meses e meio antes. O sofrimento a fizera crescer. O instinto de sobrevivência a ajudara a superar e a ficar mais forte. No fundo, porém, ela ainda queria o amor dele.

Sem combinar muito, os dois começaram a seguir em direção ao prédio dela. Quando chegaram, Alê a virou para ele e foi aproximando o rosto do dela bem devagar. Clarissa não resistiu e permitiu que ele a beijasse. Na fantasia secreta dela, o primeiro beijo deles depois do término seria como uma explosão de fogos de artifício. Mas não foi assim.

Não foi um beijo urgente nem apaixonado. Foi calmo, morno, sem pressa. As bocas se encontraram, os braços se encaixaram e os corpos se moldaram sem a menor dificuldade. Era quase como voltar para casa depois de uma longa viagem cheia de aventuras.

O coração de Clarissa parecia inteiro pela primeira vez em três meses e meio. E então ela mergulhou no mar de sentimentos e sensações, ansiosa para fazer amor com ele depois de tanto tempo e de ter aprendido tantas coisas.

Ela afastou o rosto para convidá-lo para subir. Mas ele falou primeiro:

— Eu fui um completo idiota.

— Foi mesmo.

Ele riu e a beijou de novo. Encostou a testa na dela e falou baixinho:

— Eu sei que não mereço, mas me dá outra chance?

O pedido de desculpa não apareceu, mas ela nem percebeu no calor do momento.

— Quer subir comigo?

— Achei que você não fosse convidar.

Ela acordou de madrugada com o ronco de Alê. Deu uma cotovelada, mas não adiantou. Ficou olhando para ele por um tempo, sem acreditar na enormidade do que tinha acabado de acontecer. Deveria estar eufórica, mas, se fosse sincera, estava mais confusa do que qualquer outra coisa. Olhou para ele esparramado na cama e não sentiu vontade de ficar ali ao lado dele. Foi para a cozinha, pegou um copo d'água e olhou para as flores lindas que ele tinha trazido. Então se lembrou do encontro, do beijo, da volta. Tinha se deixado levar pelas emoções sem pensar nas consequências. Como sempre.

Clarissa pensou em voltar para a cama, mas conseguia ouvir o ronco lá da cozinha; seria impossível dormir ao lado dele. Foi para o escritório, ligou o computador e entrou no blog. Era arriscado escrever com Alê em casa, mas, se ele acordasse, a ausência do ronco a alertaria.

http://estilhacosdeumcoracaopartido.blogspot.com

O SONHO VIROU REALIDADE

domingo, 4 de março de 2001

E mais uma reviravolta! Aqui ninguém fica entediado.

O Ex me procurou, praticamente lambendo o chão em que eu piso. Trouxe flores e preparou um encontro romântico. Foi tudo lindo e perfeito.

Sei que eu não devia ter voltado com ele, mas me senti amada, valorizada e feliz. É como se a minha vida estivesse finalmente voltando aos eixos.

Porém não vou mentir para vocês: o sexo deixou muito a desejar. Não consegui gozar e acabei fingindo para ele não ficar chateado. Só que quem acabou chateada fui eu.

Antes eu não tinha com quem comparar e achava que simplesmente não curtia sexo como as outras pessoas. Mas agora eu sei que curto muito e percebo que ele é que parece não saber satisfazer uma mulher.

Sei que eu não tenho problema nenhum para gozar, como o PA e alguns dos carinhas que vieram depois podem atestar.

Talvez ele só estivesse nervoso, por isso gozou rápido? Sei lá, pode ser. Só que não. Porque, pensando bem, com ele o durante sempre foi rápido: afundou o ganso, acabou. Será que ele tem ejaculação precoce e não sabe?

Melhor deixar as coisas rolarem e viver um dia de cada vez, sem criar muita expectativa em relação ao Ex que virou namorado de novo.

Mas podem deixar que eu vou continuar contando tudinho aqui para vocês. Acho que, com jeitinho, consigo ensinar a ele tudo que eu aprendi. O que acham?

Beijos de uma Drama Queen esperançosa

Capítulo 27

Clarissa estava apagada no sofá quando o telefone começou a tocar. Levantou rápido e bateu o dedinho do pé na mesa de centro. Cambaleando e xingando, foi até o aparador e atendeu.

— Que merda é essa de voltar com o Alê? — perguntou Mel, sem nem dizer oi.

— Como é que você sabe disso? Eu ainda não contei pra ninguém. — Clarissa esfregou o olho, tonta de sono.

— Só pra todas as leitoras do seu blog, né? E eu sou uma delas.

Isso foi suficiente para despertá-la completamente.

— Caraca, Mel. Você é muito fofoqueira. — Clarissa olhou no relógio. — São oito da manhã de domingo e você já leu o meu blog?

— Eu fico atenta a tudo que tem a ver com a minha melhor cliente. E você precisa entrar no blog, porque tá chovendo comentário.

— Como assim, Mel? Não faz nem seis horas que eu publiquei.

— Mas já tem muitos comentários. Algumas leitoras estão discutindo a sua escolha como se estivessem em uma sala de bate-papo. Está mais pra bate-boca, na verdade.

Clarissa olhou para a porta do quarto.

— O Alê tá aqui e pode acordar a qualquer momento.

— Um sábado que a gente não sai juntas e você faz merda. Você acha que ele volta hoje pra Petrópolis?

— Deve ir depois do almoço, acho. Era o que ele costumava fazer antes.

— Assim que ele sair daí, me liga. Vou ligar pro Alan agora pra falar mal de você.

Clarissa balançou a cabeça e se despediu da amiga. Olhou para a porta do escritório, doida para ligar o computador e conferir a repercussão do post, mas achou melhor se controlar e esperar o namorado ir embora, ou pelo menos entrar no banho.

Como se o pensamento o tivesse conjurado, Alê apareceu na porta.

— Senti sua falta na cama.

Ela decidiu testá-lo e foi sincera, sem se preocupar em agradar:

— Você ronca muito, acho que desacostumei nesse tempo que fiquei sozinha.

Alê ficou ofendido.

— Ninguém nunca reclamou.

— Isso não significa que você não ronca.

Clarissa foi para a cozinha antes que ele tivesse chance de responder. Precisava de um café. Estava pegando o pó no armário quando Alê a abraçou por trás.

— Quero ficar o dia inteiro com você. Acho que hoje é dia de maratona de *Plantão médico* na Warner.

Ela não via a hora de o namorado ir embora para entrar no blog, então resolveu inventar uma mentirinha inofensiva.

— Ih, hoje não vai dar. Vou trabalhar, preciso fazer uma entrevista pra revista.

Ele não se deu por vencido.

— Eu posso ficar te esperando aqui.

Clarissa se irritou um pouco com a falta de noção.

— Alê, a gente acabou de se entender. Eu ainda preciso de um tempo pra confiar de novo em você. As coisas não vão voltar automaticamente a ser como eram.

Ele abriu a boca para retrucar, mas desistiu.

— Eu entendo e mereço isso. Mas prometo que vou fazer tudo pra reconquistar a sua confiança. Tudo que eu quero é te fazer feliz.

Mal Alê saiu pela porta, Clarissa já estava ligando o computador. Ficou batendo o pé no chão e roendo as unhas enquanto esperava o processo de inicialização. Assim que ligou, clicou no ícone do discador de internet, sem se importar com a alta conta de telefone que teria que pagar. Ficou ouvindo o chiado e os estalos da tentativa de conexão.

— Anda, anda!

Depois de um tempo, finalmente estava no blog e quase caiu para trás quando viu o número de comentários da última publicação. Era mais que o dobro do "Reflexões penianas", o texto mais comentado de todos. Por sinal, aquela postagem tinha resultado em um novo patrocinador importante para o blog, o que lhe rendera uma boa comissão.

Com o coração acelerado, ela começou a ler os comentários, chocada com a guerra entre as leitoras. Havia as que defendiam a crença da Drama Queen de que o namorado era o amor da vida dela e que merecia uma chance.

<VicNic> Querida Drama Queen, aproveita mesmo. Homem não está dando sopa por aí!

<Melissinha1980> Estou tão feliz por você, Drama Queen! Sexo é superestimado, o que importa é o amor verdadeiro.

Mas também havia uma legião de leitoras que não acreditavam na sinceridade das intenções de Alê e alertaram a Drama Queen para uma série de sinais.

<MilenaG> Que é isso agora, miga? Se ele não caprichou na comida da reestreia, pode esquecer! E para de ficar dando desculpas por ele! Cadê a mulher poderosa que eu conhecia? Chuta o bofe e vai curtir o PAI!!

<natght> Por tudo que eu já li aqui, não me parece que esse Ex seja o amor da sua vida.

<JucaSerena633> Ah, não, Queenie! Espero que vc recobre a sanidade e venha aqui contar pra gente que se livrou desse encosto.

<Sarita22> Ex tem que ser ex, amiga! Abre o olho aí!

<LoVeLiLa_82> Amada Drama Queen, você sabe que eu torço sempre por um final feliz, mas existe um motivo pelo qual o seu ex virou ex. Faz uma forcinha pra lembrar. Beijocas!

Por fim, havia um grupo que estava totalmente revoltado com ela. Segundo essa facção, ela estava sendo uma idiota por se deixar levar por um buquê de flores e um jantar romântico.

<Ninoca> Mandou mal, hein, DQ? Figurinha repetida não completa álbum. Você, uma mulher que aprendeu a ser independente, voltando pro ex? Muito decepcionada, pensando até em parar de acompanhar o blog.

<AliceGuida> Te ver perder um amor foi triste, estávamos aqui pra te apoiar. Mas te ver perder a dignidade por conta de um homem que, ainda por cima, transa mal... é mais triste ainda! Desisto de você, mulher!

<ReginaMaria> Vou parar de acompanhar esse seu blog pra não correr o risco de voltar aqui e esfregar na tua cara um "eu te avisei" quando ele te der outro pé na bunda. Porque isso vai acontecer, tão certo quanto o sol há de brilhar a cada dia.

Clarissa não conseguia parar de ler. Nunca tinha passado pela experiência de ser reprovada em massa. Na verdade, o que a fizera continuar com o blog tinha sido justamente o acolhimento que recebera das primeiras leitoras. Elas a apoiaram naqueles primeiros dias, quando a dor era demais para aguentar sozinha.

O que estava lendo naquele momento, porém, era o contrário de acolhimento. Alguns comentários eram tão cruéis que Clarissa sentiu vontade de chorar. Seria impossível responder a cada leitora individualmente, por isso resolveu fazer uma nova publicação explicando como estava se sentindo não só em relação à volta com o namorado, mas também ao ler aquilo tudo.

http://estilhacosdeumcoracaopartido.blogspot.com

ACORDEI EM UM PESADELO

domingo, 4 de março de 2001

Gente, o que está acontecendo? Fui ali curtir o Namorado e quando voltei me deparei com uma verdadeira guerra nos comentários.

Vocês precisam se acalmar. Somos todas amigas aqui, e eu amo o que construímos no Estilhaços. Esse é o único espaço da minha vida onde nunca me senti julgada, onde sempre fui livre para escrever meus pensamentos e sentimentos mais secretos.

Vocês me conhecem melhor que os meus pais e os meus irmãos. Com certeza me conhecem melhor que o Namorado. Na verdade, graças a vocês, estou descobrindo um lado meu que nem eu sabia que existia. E sou muito grata a cada uma de vocês que tirou um tempo ao longo desses três meses e meio para me consolar, me acolher.

Agora vamos ao que interessa: sim, eu decidi dar uma chance para o Ex. Não sei se estou certa, se estou errada. Isso só o tempo vai dizer. E vocês. Porque o meu plano é contar aqui tudo que está acontecendo, de maneira honesta e aberta.

Pelo que li nos comentários, muitas de vocês acham que ele não me merece, que estou sendo idiota por abrir o coração que ele estilhaçou sem dó nem piedade. Talvez eu seja idiota mesmo, mas nós temos uma história juntos. Foram muitos anos de namoro e felicidade.

O rompimento foi horrível, mas a história de nós dois é linda. Nunca cheguei a contar a vocês como nos conhecemos e nos apaixonamos. Digam aqui nos comentários se querem alguns flashbacks ou se preferem só saber o que está rolando agora.

Para finalizar, quero pedir que vocês continuem nessa jornada comigo, porque acho que ainda vai passar muita água embaixo dessa ponte.

Beijos,

Drama Queen

Capítulo 28

Clarissa já tinha voltado com Alê fazia um mês e a comoção continuava tanto no mundo virtual da Drama Queen quanto na sua vida real.

Os pais e os amigos próximos pareciam felizes, afirmando que Alê e Clarissa tinham nascido um para o outro e eram o casal perfeito. Gui não disfarçou a decepção e declarou, com todas as letras, que Alê não merecia ser perdoado. Indignada, Mel não conseguia entender nem aceitar a escolha da amiga. Alan disse que compreendia, mas achava que era a "crônica de um término anunciado". A única reação inesperada foi a de Dafne, que concordou com Gui (milagre!) e disse que a irmã merecia um homem de verdade e não um moleque.

Surpresa, Clarissa chegou a comentar com o namorado que estava estranhando a raiva que a irmã estava dele. Mas Alê não demonstrou o menor espanto e revelou que Dafne tinha ligado para ele na época do rompimento, que o xingara de tudo quanto era nome e ainda o desconvidara para o casamento, dizendo que o padrinho que tinha escolhido no seu lugar era o homem certo para a irmã. ("Como se aquele tal de Enrico prestasse", comentou Alê.) Clarissa não fazia ideia de nada disso e teve vontade de abraçar Dafne.

Apesar de todas as opiniões que ouvia, o que Clarissa estava sentindo de verdade era o mais profundo alívio. O que era estranho, se parasse para pensar um pouquinho. Devia estar feliz e apaixonada, mas só se sentia aliviada. Como se um peso tivesse sido tirado das suas costas. Os meses anteriores tinham sido uma montanha-russa de emoções intensas: o sofrimento, a raiva, os orgasmos, as frustrações, o medo de decepcionar os pais e o pânico de descobrirem que ela era a Drama Queen. Estar com Alê resolvia algumas dessas preocupações; pelo menos uma parte da sua vida parecia ter entrado nos eixos.

O que ela mais estava gostando da volta eram as longas conversas por telefone antes de dormir. Era obrigada a admitir que tinha sentido muita falta do melhor amigo. Os papos sempre foram o ponto alto do relacionamento deles. Clarissa sempre sentira que podia contar tudo para Alê, das coisas mais bobas até as mais complexas. Nunca tinha tido um segredo com ele. Pelo menos não até o pé na bunda. Agora tinha vários, que guardava a sete chaves. Não sabia como ele reagiria ao blog e ao novo lado que ela descobrira após o término. Pelo menos podia conversar com ele sobre suas preocupações e os planos para sua carreira.

A rotina de trabalho e de vida não tinha mudado tanto assim. Clarissa continuava vivendo a vida dela no Rio, e Alê, a dele em Petrópolis. Tanto que, naquela quarta-feira à noite, estava no Baixo Gávea tomando um chope e se divertindo com os amigos; não sabia, nem queria saber, o que o namorado estava fazendo. Mas foi só pensar nele que o celular tocou e todos viram o nome de Alê brilhando na tela.

Mel revirou os olhos, Alan deu risada. Clarissa bufou, pegou o celular e foi atender do lado de fora do bar.

— Clarissa, onde foi que você se meteu? Estou aqui no prédio e o porteiro me falou que não tem ninguém em casa — ele foi dizendo.

— Você não avisou que vinha hoje. Eu e o Alan viemos pro Baixo Gávea tomar um chope com a Mel.

— Chope? — O tom era de reprovação. — Mas você não toma chope.

Lá vinha ele querendo dizer o que ela fazia ou deixava de fazer.

— Claro que tomo.

— Antes não tomava.

— Antes eu não fazia um monte de coisa. — Clarissa respirou fundo e disse, em tom mais calmo: — Por que você não vem pra cá? Você ainda não encontrou os meus amigos depois que a gente voltou.

— Eu tô cansado. Trabalhei o dia todo e desci a serra só pra te ver.

Ela sentiu a conhecida pontada de culpa. Às vezes tinha a sensação de que estava, inconscientemente, se vingando da traição e do pé na bunda. Naquele caso específico, contudo, queria se divertir com os amigos e não achava justo ter que largar tudo só porque o bonito decidira aparecer sem avisar.

— Olha só, Alê, eu já tinha combinado com a Mel e o Alan. Não posso simplesmente largar os dois aqui. — Ela olhou para a mesa e viu os amigos conversando e curtindo a noite. Se deu conta de que a última coisa que queria fazer era ir embora para ficar com o namorado.

— Mas eu…

— Você pode fazer hora em algum lugar por aí ou pode vir pra cá. — Ele não disse nada e Clarissa continuou: — Hum, a porção de pastel chegou e o chope está esquentando. Vou voltar pra lá.

Alê se surpreendeu com a objetividade da namorada e informou que esperaria ela perto do prédio.

Assim que ela chegou à mesa, Mel perguntou:

— O que o príncipe dos sapos queria?

Clarissa resumiu o papo e Mel assoviou, admirada com a decisão da amiga.

— Nossa — disse Alan. — Bem que você escreveu que ele tá um grude.

— Parece que ele tá tentando compensar o sofrimento que me causou. Vive fazendo declarações de amor eterno e me mimando, igual no início do namoro.

— A mim não engana. — Mel não perdia uma chance de falar mal de Alê. — O que ele quer é te controlar. Ele não é burro e já percebeu que você não é mais a vaquinha de presépio de antes.

— Precisa mesmo me chamar de vaca? — brincou Clarissa, tentando amenizar o clima da conversa.

Alan riu.

— Você realmente era uma vaquinha de presépio. *Muuuuuu, Alê, muuuuuu!*

Clarissa caiu na risada e fez sinal para o garçom trazer mais um chope.

— Quando você contou que tinha voltado com o Alê, fiquei preocupado com o que ia acontecer com o blog — disse o amigo. — Mas as suas leitoras estão amando!

— Eu também tô amando! — Mel olhou para ele. — Você viu que na semana passada ela pensou no PA na hora H e finalmente conseguiu gozar com o namorado?

Clarissa sentiu o rosto queimar.

— Psiu, vocês dois!

— Ah, quem mandou criar o blog? Agora a gente segue a sua vida igual novela — disse Alan.

— Eu criei o blog pra ser anônima, e não pros meus amigos fuxiqueiros ficarem bisbilhotando a minha vida e os meus sentimentos.

Alan voltou a bater na tecla de sempre quando o assunto era o blog:

— Eu continuo achando que você devia contar pra Elizabete que você é a Drama Queen.

— Pois eu acho que em time que está ganhando não se mexe — opinou Mel. — O contrato tá bem amarradinho, a Clarissa tá ganhando os tubos e não vai ter nenhum problema jurídico com isso.

— Tá, mas e a questão ética e moral? — O tom de Alan era sério. — E o respeito com os colegas? A Elizabete merece estar preparada pra hora em que a merda feder. E eu não tenho dúvida de que vai feder em algum momento.

— Ai, Alan. — Clarissa suspirou. — Não quero pensar nisso agora que as coisas parecem estar entrando nos eixos. A Marisa está amando as matérias de esportes radicais. Este mês eu entreguei a reportagem sobre mergulho.

— Viu? Eu não disse que as resenhas de livros iam ficar pra trás? — comentou ele. — Mas, sério, acho que…

— A gente já entendeu, Alan — interrompeu Mel. — Agora conta melhor esse lance de ficar pensando no PA.

— Vou deixar vocês lerem no blog — retrucou Clarissa, um pouco sem graça.

Continuaram conversando por mais um tempo. Uma hora depois, Clarissa estava no táxi a caminho de casa e do encontro com Alê.

http://estilhacosdeumcoracaopartido.blogspot.com

CHAVE

sábado, 24 de março de 2001

Vocês não vão acreditar na cara de pau do Namorado.

Ele está insistindo, me chantageando e me agradando para eu dar uma cópia da chave do meu apartamento. E está todo ofendidinho porque recusei.
Vocês acham que eu estou errada?

Assim, ele parece estar retomando o relacionamento de onde paramos, como se tivéssemos simplesmente apertado o pause. Mas aconteceu tanta coisa comigo desde o pé na bunda que não consigo confiar nele a ponto de lhe dar a chave da minha casa. Ele traiu a minha confiança e estilhaçou o meu coração. Por mais que eu queira deixar isso para trás, o sofrimento que passei ainda é muito recente. E ainda tenho medo do que pode acontecer.

Sinto que não estou conseguindo me conectar totalmente com ele. Não tem a ver só com sexo, mas com os segredos também.

Nem quero imaginar o que ele diria se descobrisse este blog.

Sério agora: quem de vocês acha que eu devo dar a chave para ele? E quem acha que eu não devo? Expliquem a resposta, por favor. Estou doida para saber.

Beijo,

Drama Queen

Capítulo 29

Clarissa estava esbaforida, suada e mal-humorada. Tinha planejado um fim de semana relaxante no Rio, mas Alê avisara que não ia poder descer a serra e implorara para ela subir na sexta à noite para acompanhá-lo em um jantar com um cliente importante. Ela olhou no relógio e bufou, arrependida de não ter se arrumado antes de pegar a estrada. Ou melhor: arrependida de ter saído de casa. Devia ter dado uma desculpa qualquer para não ir, mas se sentia culpada só de pensar nisso.

Finalmente chegou à casa dos pais, estacionou e entrou correndo para tomar uma chuveirada e se arrumar o mais rápido possível. Porém, assim que pisou na sala, todas as luzes se acenderam.

— Surpresa!

Clarissa deu um grito e levou a mão ao peito.

— Caraca! Querem me matar do coração? Só pode! Ainda falta uma semana pro meu aniversário.

— A Dafne vai viajar e resolvemos adiantar a festa — explicou Maria Helena, dando um abraço na filha. — Parabéns, querida!

— A sua cara, Cla! — Gui riu. — Acho que é a primeira vez em muito tempo que a gente consegue te surpreender.

Ela abraçou o irmão.

— Realmente eu não esperava uma festa surpresa tão adiantada assim!

Depois que os pais e os irmãos a abraçaram, Alê se aproximou e cochichou no ouvido dela:

— Sério que você ia vestida assim no jantar com o cliente? Por que não colocou o vestido que eu te dei e pedi pra você usar?

Clarissa olhou para a roupa amarrotada e se sentiu mal.

— Saí atrasada do trabalho e vim direto — explicou ela. — Eu ia me arrumar aqui.

— E ia se atrasar! Você realmente não tem a mínima consideração por mim.

Alê se afastou, emburrado, e ela não pôde retrucar, pois os outros convidados a cercaram para cumprimentá-la e dar presentes.

Clarissa resolveu ignorar o ataque do namorado e aproveitar a festa que os pais tinham preparado para ela. Ficou feliz ao ver Mel e Alan.

— Seus fingidos! Podiam ter me avisado pra eu me arrumar! Olha só como eu tô.

— Tá linda como sempre! — Alan entregou um presente para ela. — Meu e da Mel.

Ela abriu o embrulho e deu um gritinho de alegria.

— A bolsa que eu queria! — Abraçou os amigos. — Vocês são demais mesmo. Obrigada!

Com a casa cheia, Clarissa passou um tempo falando com os convidados e recebendo presentes. Toda hora procurava o namorado, mas parecia que ele não estava mais na sala. Ela se sentiu culpada pelo atraso, pela roupa, e queria se desculpar.

— Parabéns! — disse alguém atrás dela.

Ela se virou sem acreditar.

— Enrico! Que surpresa! Nunca imaginei você na minha festa de aniversário.

— A Dafne me chamou. — Ele entregou um saquinho de veludo para ela. — Espero que goste. Vi na vitrine e lembrei de você na hora.

Era impressionante como os pequenos gestos dele a faziam se sentir especial. Ela abriu um sorriso genuíno de felicidade e antecipação enquanto desamarrava o laço. Arfou quando tirou uma gargantilha com um pequeno pingente da Torre Eiffel.

— Achei que combina com você. Aqui, deixa que eu coloco.

Clarissa se virou de costas para Enrico fechar a gargantilha. Os dedos dele roçaram em sua nuca. Depois, ele colocou as mãos nos ombros dela para virá-la de frente.

— Prontinho, agora é uma Francesa perfeita.

Os olhares se encontraram e ela sentiu uma vontade louca de beijá-lo. Ficou ali, hipnotizada, até ser arrancada do transe quando ouviram alguém batendo em uma taça. Clarissa olhou na direção do som e viu Alê diante da mesa do bolo.

— Cissa, você pode vir até aqui?

Ela olhou sem graça para Enrico, que tinha uma das sobrancelhas levantada, desculpou-se e caminhou na direção do namorado.

— Como todos aqui sabem, eu fui um idiota e quase perdi o amor da minha vida.

— Não precisa fazer isso — cochichou Clarissa para ele. Sem perceber, levou a mão ao pingente.

Ele olhou para ela e continuou:

— O tempo que nós passamos separados serviu para eu ver que ninguém é como você. Você é perfeita, meiga, doce e está sempre disposta a fazer tudo pelos outros. E eu sinto raiva de mim por ter te feito sofrer tanto.

Clarissa se sentiu uma fraude completa. Estava longe de ser perfeita, não era doce e muito menos meiga. Também não estava mais disposta a fazer tudo por todo mundo, nem mesmo pelo namorado.

— Não precisa fazer isso, Alê — repetiu ela. — Já passou.

Ele se ajoelhou e pegou uma caixinha no bolso. Clarissa arfou pela segunda vez naquela noite.

— Você me faz uma pessoa melhor, e eu quero passar o resto da vida com você.

O tempo pareceu parar. Ela afastou o olhar do anel brilhando contra o veludo azul e olhou para as pessoas em volta, que começaram a aplaudir, assoviar e gritar. A vontade que tinha era de sair correndo dali, fugir para bem longe de tudo e de todos. Olhou para Mel, que estava meneando a cabeça. Alan tinha as duas mãos no rosto e uma expressão de espanto. Gui estava de cabeça baixa, e Dafne, com as mãos na cintura, demonstrava indignação. Olhou para o lugar onde Enrico estava, mas ele já tinha se virado para ir embora. Ela sentiu um impulso de deixar Alê plantado ali e ir atrás dele para explicar... o quê? Nem ela sabia o que estava sentindo. Finalmente, olhou para o pai e a mãe e viu que Maria Helena estava com as mãos no peito e cara de choro. Foi quando Clarissa soube que os dois não aguentariam a vergonha se a filha resolvesse surtar ali.

Olhou para Alê, ajoelhado diante dela com a caixinha aberta.

— Quer casar comigo? — perguntou ele, diante do silêncio dela.

Naquele momento, Clarissa foi tomada por uma raiva imensa e uma vontade de socar aquela cara de pau. Por que ele não tinha feito isso cinco meses antes? Quando ela vivia naquela linda bolha cor-de-rosa em forma de coração e acreditava no amor dele? Todo o estresse e a tensão que sentia eram culpa dele! Ele tinha terminado com ela. Ele era o culpado pelo blog, pelas aventuras sexuais. Ele era o culpado por ela ter se apaixonado por Enrico.

Clarissa arfou pela terceira vez quando o pensamento se formou, com todas as letras, em sua mente, e levou a mão ao pingente.

— Ela está fazendo suspense! — gritou algum convidado. — Não faz isso com o rapaz.

Ela não sabia o que falar, por isso agiu no modo automático, desempenhando o papel que esperavam dela. Estendeu a mão e aceitou a aliança, que ele deslizou pelo dedo dela. Ele fez um show ao tomá-la nos braços e beijá-la com ardor. Clarissa participou de tudo como um robô, dizendo o que tinha que dizer e sorrindo quando tinha que sorrir, seguindo o roteiro da noiva feliz.

Desde que criara o blog, aquela foi a primeira vez que a Drama Queen ficou com vergonha de dividir alguma coisa com as leitoras.

Capítulo 30

Clarissa despertou no dia seguinte e olhou para o namorado, que ainda dormia profundamente. Levantou com cuidado para não o acordar. Precisava ficar um pouco sozinha. Estava confusa.

Diante do espelho do banheiro, levou a mão ao pingente da Torre Eiffel e sorriu, mas o sorriso se apagou quando bateu o olho no brilho da aliança na mão direita. Suspirou e colocou a pasta na escova de dentes. Enquanto fazia movimentos vigorosos, pensava na noite anterior: uma festa surpresa adiantada, a presença e o presente de Enrico e, por fim, o pedido de Alê.

Como é que uma pessoa que se considerava inteligente podia ser tão idiota? Como não tinha percebido antes que estava apaixonada por Enrico? Aliás, como aquilo acontecera sem que percebesse? Tinham ficado juntos por tão pouco tempo, só algumas semanas. E tudo havia sido tão leve, tão relaxado, tão sem compromisso. Quando estava com ele, ela não era assolada por dúvidas, não se perguntava se estava agindo como deveria, não ficava preocupada com o que ele poderia achar dela. Simplesmente dizia e fazia o que lhe desse na telha, e sempre achou que conseguia ser assim justamente porque estava só curtindo o momento, sem nenhuma pretensão de conquistá-lo.

Clarissa cuspiu a pasta e bochechou. Realmente, de todas as idiotices que tinha feito nos últimos tempos, se apaixonar por Enrico era a número um. Era pior até mesmo do que ter aceitado o pedido de casamento de Alê. E olha que essa tinha sido uma idiotice tão fenomenal que ela não tivera coragem de contar às leitoras.

Saiu do banheiro e fechou a porta sem fazer barulho. Na varanda, o sol fraco da manhã ainda não tinha dissipado o frescor da noite na serra. Queria voltar para o Rio, dar um mergulho no mar e pensar no que faria dali para a frente. Estava noiva de um cara e apaixonada por outro. Só conseguia pensar em fugir. Agora entendia a motivação da personagem de Julia Roberts em *Noiva em fuga*.

— Bom dia, noivinha! — A voz de Alê a arrancou dos pensamentos. — Dormiu bem?

Ela se deixou abraçar. Em um momento de extrema lucidez, percebeu que não tinha a menor dificuldade de seguir o roteiro que os outros escreviam para ela, fazendo exatamente o que esperavam. Às vezes dava umas tropeçadas, como na noite anterior, quando se atrasara para o suposto encontro com Alê e chegara sem se arrumar. Será que era aquilo que queria para a própria vida? Seguir um roteiro? Cumprir obrigações? Ser perfeita? Ser meiga? Ser doce?

— Dormi como uma pedra. — Clarissa se desvencilhou do abraço e se virou para entrar em casa. — Vou preparar o café pra gente. Acordei já faz um tempo e estou com fome.

Alê a puxou para um beijo demorado, de um jeito que ela amava no passado e que tanto desejara no fim do namoro deles.

— Pra que a pressa? Deixa eu curtir a minha noivinha enquanto todo mundo ainda está dormindo.

Clarissa se deixou beijar. Sentiu a mão de Alê escorregar até sua bunda e a puxar contra a ereção dele. Apesar de tudo, seu corpo respondeu ao estímulo.

— Vamos voltar pro quarto? — cochichou ele.

Ela assentiu, aceitando não só o convite, mas o próprio desejo sexual, pronta para seguir o roteiro dele mais uma vez.

Na cama, começaram a coreografia que tinham feito tantas vezes, com beijos cálidos, movimentos lentos e sem pressa. Foram tirando a roupa devagar e em silêncio, se tocando e se acariciando, como sempre faziam. Clarissa sentiu o desejo aumentar e percebeu que queria algo novo, algo quente, rápido e apaixonado. Tinha perdido o passo e o compasso da coreografia antiga. Então puxou Alê para inverter as posições, ficando por cima dele.

— O que você tá fazendo? — perguntou ele, surpreso. — Eu prefiro...

Clarissa não queria ouvir o que ele preferia e o calou com um beijo. Segurou os braços de Alê acima da cabeça dele.

— Hoje eu quero assim.

Ele não tentou se soltar e permitiu que ela ondulasse o corpo contra o dele em movimentos cada vez mais rápidos, até sentir o desejo crescer. Os olhos de Enrico apareceram em um lampejo atrás das pálpebras fechadas, e Clarissa sentiu o sexo se contrair e o corpo todo estremecer em um misto de gozo e culpa. Ainda estava gemendo quando Alê inverteu as posições de novo e retomou o ritmo, até encontrar o próprio prazer e sair de cima dela, ofegante. Ele então se deitou de costas, com os braços na barriga.

Aquele era o momento que ela sempre achara estranho entre eles, mesmo antes de ter tido experiências com outros caras. Lia em livros e via em filmes e novelas o casal abraçadinho na cama em um momento de intimidade plena, cheio de carinho e aconchego preguiçoso, depois de uma noite de amor. No entanto, assim que acabavam de transar, Alê simplesmente detestava ser tocado. Ele ficava lá, imóvel, olhando para o teto, dizendo que era um "momento zen" de conexão com ele mesmo. Clarissa se levantou, sem se dar ao trabalho de informar que ia tomar um banho; não queria atrapalhar o estado meditativo do noivo.

— Bom dia, filha! — disse Maria Helena quando ela entrou na sala. — Que surpresa maravilhosa o Alê fez para você ontem.

— Foi uma surpresa mesmo. A gente ainda não tinha conversado sobre casamento.

— Você não parece muito animada, filha — comentou Luiz, levantando os olhos do jornal.

— É que a gente voltou faz pouco mais de um mês. É tudo muito recente.

— Mas vocês já namoravam há um tempão antes disso — retrucou a mãe.

Clarissa não sabia se conseguiria manter aquele noivado por muito tempo e resolveu começar a semear dúvidas para preparar os pais para o pior.

— Esse tempo que a gente ficou separado me mostrou que ainda tem muita coisa que eu quero fazer antes de casar.

— Ah, sim. Mas agora que está noiva — disse a mãe — não precisa ter pressa. Até porque a sua irmã acabou de casar. E é de bom-tom dar um tempo entre os dois eventos.

— E o meu bolso agradece — comentou o pai. — Casamento é um troço caro.

— Que deselegante falar de dinheiro na mesa do café da manhã — reclamou Maria Helena. Ela olhou para a filha. — Que lindo esse colar, não conhecia.

Clarissa levou a mão ao pingente e sentiu o rosto esquentar.

— Me passa a salada de frutas, pai? — pediu, tentando escapar do assunto.

— Ganhou ontem? — insistiu a mãe.

Clarissa viu que não teria escapatória.

— O Enrico me deu.

Maria Helena ficou surpresa, mas não teve tempo de perguntar mais nada, porque Alê entrou na sala nessa hora e ouviu o nome.

— A Dafne só convidou esse cara pra me provocar — disse ele, sem dar bom-dia a ninguém.

— A Dafne pode convidar quem ela quiser para vir à *nossa* casa — disse Luiz, com a voz dura.

O pai podia até querer ver a filha casada e de volta a Petrópolis, mas nunca permitiria que um homem cantasse de galo no galinheiro dele.

— Eu sei, Luiz — respondeu Alê, percebendo o furo. — É que a Dafne ainda não me perdoou por ter terminado com a Clarissa e cismou que o namorado perfeito pra ela é esse tal de Enrico.

— Até que ele é um bom partido mesmo — comentou Luiz, e Clarissa ficou muda. Sempre achara que o pai não aceitaria que ela namorasse um cara como Enrico. — Empresário bem-sucedido, responsável e respeitado aqui em Petrópolis. A Dafne me disse que ele vai inaugurar mais um restaurante, dessa vez em Itaipava.

Aquilo acertou em cheio o ego de Alê, que continuava trabalhando no escritório de contabilidade do padrasto na esperança de um dia se tornar sócio.

— Mas ele é um galinha. Tá cada dia com uma mulher diferente — rebateu.

Clarissa tentou mudar de assunto.

— Eu vou voltar pro Rio antes do almoço. Combinei de ir ao teatro com o Alan. Tenho que fazer a resenha da peça pro site da revista.

Os pais e o namorado continuaram falando, como se ela não tivesse dito nada.

— É galinha até encontrar uma mulher que o faça sossegar o facho. — Luiz olhou para a esposa por cima dos óculos. — Eu era galinha, né, Maria Helena?

Clarissa estava mortificada com o rumo da conversa.

— E agora é o meu cordeirinho. — A mãe caiu na risada.

— Olha o respeito — disse o pai, com ar brincalhão.

Ela tentou mais uma vez:

— Então, como eu estava dizendo, vou voltar pro Rio daqui a pouco porque tenho um compromisso de trabalho.

— Poxa, mozinho, achei que a gente ia conversar sobre o casamento.

— Ah, a gente vai ter tempo pra isso — disse Clarissa. — Não tem pressa.

— Você se preocupa mais com essa porcaria de revista do que comigo — reclamou Alê. — Chega atrasada para os nossos encontros por causa do trabalho e eu tenho que ficar esperando na portaria do prédio porque você não me dá a chave.

Clarissa não aguentava mais aquela discussão sobre a chave, mas não precisou responder. Luiz ergueu novamente o olhar do jornal.

— Que história é essa? Aquele apartamento é da Clarissa. Nem eu, nem a Maria Helena temos a chave. Nem o Gui e a Dafne. Acho que você está colocando a carroça na frente dos bois, já querendo tomar posse do que não é seu.

Lívido, Alê olhou para Maria Helena em busca de apoio. Clarissa sabia que precisava tentar amenizar as coisas, mas, se fosse sincera, estava gostando de ver o circo pegar fogo.

— Alê, a gente estava agora mesmo explicando para a Clarissa que não seria de bom-tom um noivado rápido. — Maria Helena mexeu o café. — A Dafne acabou de se casar. E ela teve um noivado longo.

— Exatamente, vocês são novos ainda. — Luiz olhou para eles. — E os dois precisam se estabelecer na carreira antes de pensar em casamento.

Alê olhou para Clarissa esperando que ela fosse protestar, mas aquilo estava sendo um sonho. Por mais que estranhasse o comportamento dos pais, eles estavam dando a ela tempo para fugir da enrascada em que tinha se metido. E ela estava decidida a sair daquela situação. Só não sabia quando nem como. Ia deixar as coisas rolarem por um tempo.

— Eu tô mesmo muito focada na minha carreira agora. As coisas estão ótimas na revista. Minha chefe tem elogiado o meu trabalho, e o Alan disse que me indicou pra vaga que abriu na editoria de turismo.

— Você só pode estar brincando. Se for pra editoria de turismo, aí é que não vai ter tempo pra ficar comigo. — Ele olhou para os pais dela. — Pra ficar com a sua família.

— Alê, você sempre soube que o meu sonho era trabalhar no caderno de turismo. É claro que se me oferecerem a vaga eu vou aceitar. Nem vou parar pra pensar.

— Até parece que você não conhece a nossa filha — interveio Luiz. — Ela é carne de pescoço. Quando enfia uma coisa na cabeça, não há quem a faça mudar de ideia. Nem eu, nem a mãe. Por isso que ela está no Rio e não aqui, trabalhando com a gente.

Clarissa olhou para os pais, sem acreditar no que estava ouvindo. Antes do término, eles tratavam Alê como um filho e sempre consideravam a opinião dele em tudo; na maioria das vezes, a mãe ficava ao lado dele nas brigas de casal. O noivo também mostrava uma expressão de surpresa, parecendo se dar conta naquele momento de que, ao romper com Clarissa, perdera muito da influência que tinha na família e precisaria reconquistá-la.

http://estilhacosdeumcoracaopartido.blogspot.com

SOCORRO

segunda-feira, 2 de abril de 2001

Preparadas para uma grande dose de drama? Minha vida de repente virou um dramalhão mexicano, daqueles que a gente adora! Sério. Estou me sentindo a própria Maria do Bairro, Maria Mercedes ou sei lá que outra Maria. Maria Rainha do Drama?

Vou deixar de enrolação.

Vamos lá!

Não sei nem como contar isso.

Sério, sejam legais comigo, por favor. Eu me meti numa enrascada das grandes.

Tá, já percebi que estou enrolando.

É que estou tomando coragem aqui. Mas lá vai...

Sabe quando dizem que a gente deve ter cuidado com o que deseja? Pois é. A mais pura verdade.

O que eu mais desejei por muito tempo foi ter o amor da minha vida ao meu lado. Mas o que fazer quando a gente descobre que o amor da nossa vida não é mais o amor da nossa vida e estamos com a aliança dele no dedo?

http://estilhacosdeumcoracaopartido.blogspot.com

A coisa ainda fica pior! Drama pouco é bobagem para uma Drama Queen que se preze, não é mesmo?

Descobri que estou completamente apaixonada por outro. E ainda estou tentando entender como não percebi isso antes! Eu me achava uma pessoa inteligente, mas estou com sérias dúvidas agora :(

Aposto que vocês estão morrendo de curiosidade para saber quem roubou meu coração. Alguém arrisca?

Pelos comentários de vocês nas postagens anteriores, acho que a maioria sacou muito antes de mim que eu me apaixonei pelo PA. Sim, aquele que tem alergia a compromisso e foge de qualquer relacionamento. Eu tô muito ferrada.

Sei que tenho que terminar com o Namorado, agora Noivo. Mas não sei se é a melhor opção no momento. Ele anda totalmente apaixonado, todo amorzinho. Faz surpresas, me mima, me trata como eu sempre sonhei ser tratada. Mas só consigo pensar que queria que ele fosse o PA.

Sério, o que tem de errado comigo?

Viram por que eu sou a Drama Queen? Passei meses chorando as pitangas por causa do Ex! E, agora que ele é meu noivo e voltou todo cheio de amor para dar, eu não quero mais?

Ah, meus deuses do Olimpo, não sei como vocês me aguentam! Nem eu estou me aguentando no momento.

Acho que vou deixar as coisas rolarem por um tempo. Minha mãe ia morrer se eu terminasse um noivado tão rápido. E existe a chance de eu conseguir me reconectar com ele, né? Afinal, até bem pouco tempo atrás, eu achava que ele era o amor da minha vida.

Me preparando psicologicamente para os comentários de vocês. Já sei que vou levar bronca de muita gente aí.

Beijos de uma Drama Queen dramática, confusa e muito ferrada

Capítulo 31

Clarissa estava dando os últimos retoques na matéria que precisava enviar até o fim do dia quando viu entrar um e-mail. Decidiu terminar o que estava fazendo antes de abrir para não se atrasar mais uma vez para a aula de caratê. Estava animada porque já podia fazer o exame para a faixa amarela, e era maravilhoso ver sua evolução nos treinos. Além disso, por mais estranho que parecesse, sentia que aquilo a aproximava um pouquinho de Enrico. Nunca tinham chegado a treinar juntos como ele sugerira, mas ela já tinha sonhado algumas vezes com os dois no tatame, e o sonho sempre terminava de um jeito *caliente*.

Foi arrancada dos devaneios por uma comoção no escritório. Todo mundo falando ao mesmo tempo.

— O que houve? — perguntou para Alan.

— Você não recebeu o e-mail sobre a festa?

— Que festa? — Clarissa abriu o Outlook e viu o convite para a comemoração dos vinte e cinco anos da revista *Eclética*, que aconteceria no morro da Urca, com show do Skank, premiações e sorteios. Cada funcionário poderia levar um acompanhante.

— Uau! Que máximo!

— Já sabe quem vai levar? — Alan quis saber.

— O Alê, ué.

— Ué por quê? Será que você ainda vai estar com ele até lá?

— Como assim? — Juliana se intrometeu na conversa. — Vocês não acabaram de ficar noivos?

Clarissa fulminou Alan com o olhar.

— É coisa da cabeça do Alan, que não se conforma por eu ter voltado com o meu ex mesmo depois de ter sido traída.

Juliana ficou olhando para Clarissa por um tempo antes de jogar o cabelo para o lado e mudar de assunto.

— Vocês viram que aquele blog de quinta categoria vai concorrer com os outros da revista?

Clarissa sentiu o rosto queimar e olhou para Alan.

— Não sei por que você se incomoda tanto com isso, Ju — respondeu ele. — Vi que a sua matéria sobre mulheres bem-sucedidas no mundo corporativo foi indicada pra concorrer em outra categoria. Parabéns!

— Que máximo, Juliana! Vou torcer por você. Adorei a matéria — disse Clarissa com sinceridade.

A colega não aceitou a mudança de assunto.

— Acho muito injusto aquele blog concorrer a alguma coisa. Ele mal entrou no portal da revista, e eu já estou aqui há seis anos. E o pior é que o texto é de uma pobreza de dar dó. Vocês não acham?

Clarissa sentiu o rosto esquentar de novo.

— Eu não costumo ler — disse, em um fio de voz.

— Eu leio tudo e comento — revelou Juliana. — A idiota voltou pro escroto do ex, ficou noiva dele e só agora caiu a ficha dela que gosta mesmo é do PA. Além de tudo é burra.

— Eu demorei pra começar a ler, mas agora estou viciado. Viu que o noivo é ruim de cama? — comentou Alan, para não deixar a outra jornalista no vácuo.

— A mulher ficava contando vantagem que tinha orgasmos múltiplos e agora tem que fingir orgasmos. — Juliana deu uma gargalhada.

Alan riu e Clarissa deu um sorriso amarelo, desejando ser abduzida para outra dimensão.

— Nossa, por que essa cara de quem comeu e não gostou? — perguntou Juliana.

— É que... hum... eu... — Clarissa não sabia como concluir a frase e disse a primeira coisa que passou pela cabeça: — Eu meio que queria que alguma matéria minha estivesse concorrendo.

Juliana deu outra gargalhada.

— Você é foca, ainda tem que ralar muito pra ganhar algum prêmio.

Clarissa se sentiu humilhada. Em geral, conseguia lidar com o veneno da jornalista mais velha e não levar as coisas que ela dizia para o lado pessoal. Mas seu grande sonho era ser reconhecida como jornalista, mostrar para a família que, apesar de não ter seguido os passos dos irmãos, era talentosa, podia ser bem-sucedida e eles podiam se orgulhar dela. Mas eles só tinham orgulho da aliança em seu dedo, da garantia de um futuro com marido e filhos, de preferência abandonando o jornalismo e voltando para Petrópolis para assumir uma posição qualquer na empresa. Mesmo que fosse um cargo inventado especialmente para ela.

— Ah, não me diga que vai chorar. — Juliana estava com cara de desdém.

Alan olhou espantado para Clarissa, que piscou algumas vezes e respirou fundo para se recompor.

— Preciso terminar a minha matéria pra ir embora. — Ela olhou para o relógio. — Hoje eu tenho caratê.

http://estilhacosdeumcoracaopartido.blogspot.com

SACUDIDA

quarta-feira, 4 de abril de 2001

Uau! Parece que levei várias sacudidas aqui, alguns tapas na cara e uns socos também.

Caraca, todo mundo contra o Noivo. Mas vocês precisam se acalmar. As coisas estão indo melhor que o esperado. Estou conseguindo me impor um pouco mais no relacionamento. Ele estranha no início, mas depois responde bem.

Não sei se vai durar muito, mas não tenho como colocar mais um complicador na minha vida, que já parece estar de cabeça pra baixo.

Ou talvez eu só esteja com medo de decepcionar os meus pais, principalmente a minha mãe.

Não sei.

Eu não tenho como lidar com mais drama na minha vida. E sei que um término agora faria meus pais surtarem, o Noivo ficar pedindo para voltar, e eu procurando sexo para abafar o sofrimento, drama, drama, drama.

Pelo menos agora eu posso me dedicar à minha carreira, aproveitar as oportunidades que estão surgindo e conquistar o meu espaço sem me preocupar com a vida pessoal.

Vou confessar uma coisa para vocês: tenho muito medo de errar e de não atender às expectativas dos outros.

Para ser bem sincera, gostaria de ser no mundo real do mesmo jeito que sou aqui no virtual: uma mulher que fala tudo que está sentindo, sem medo de ser julgada, mesmo sabendo que o julgamento vai chegar em uma chuva de comentários.

Ah, quem estou querendo enganar? Até no mundo virtual eu sinto medo. Por que outro motivo não assino cada um desses textos com o meu nome e sobrenome?

http://estilhacosdeumcoracaopartido.blogspot.com

A resposta é: porque eu sou covarde.

Porque eu danço conforme a música que os outros tocam para mim.

Porque estou presa nas armadilhas que eu mesma criei.

Será que um dia vou conseguir me libertar dos meus medos?

Beijos,

Drama Queen

VOCÊS SÃO DEMAIS!

terça-feira, 10 de abril de 2001

Obrigada por todos os comentários e conselhos valiosos que me deram. Eu estava, sim, um pouco amarga na semana passada. Lidar com família, trabalho e Noivo estava me dando nos nervos. Mas já passou.

Saí com os amigos, dancei e me diverti horrores.

O Noivo nem sonha que eu fui para a night porque não quero que me azucrine com ciúme bobo; uma coisa que eu não faria seria traí-lo desse jeito. Já acho que o traio cada vez que penso no PA quando estamos juntos, e não quero carregar mais uma culpa.

Sei que não é certo não contar das minhas saídas, mas também não é errado. Digamos que está em uma zona cinzenta, né não?

Beijos,

Drama Queen

SEXTA-FEIRA 13

sexta-feira, 13 de abril de 2001

Os supersticiosos alertam para termos cuidado com essa data. E eles estão certos.

http://estilhacosdeumcoracaopartido.blogspot.com

Tudo, tudinho que poderia ter dado errado comigo deu. Eis a lista:

- Pneu furado na estrada. (Consegui trocar sozinha \o/)
- Encontro por acaso com o PA, toda desgrenhada e suja de graxa.
- Ataque de ciúme do Noivo.

O dia ainda não acabou e estou com medo de colocar o nariz pra fora da casa dos meus pais até para brincar com o cachorro.

Mais alguém aqui sofreu nesta sexta-feira 13?

Beijos,

Drama Queen

COVARDE

quinta-feira, 3 de maio de 2001

Gente! Sempre fui acusada de ser dramática na vida, mas, dessa vez, o dramático foi o Noivo.

Ele chegou todo romântico para comemorar os dois meses da nossa volta, trouxe flores (para variar), só que ficou pau da vida quando percebeu que eu tinha esquecido completamente da data e começou a brigar comigo. Achei ótimo, era a oportunidade perfeita para colocar um ponto-final em tudo. Falei que eu achava que a nossa volta não estava dando certo, que não estávamos mais nos conectando e não tínhamos nem vontade de transar um com o outro.

Só que, assim que as palavras saíram da minha boca, ele mudou o discurso, dizendo que não consegue viver sem mim, que entende que foi um babaca, mas que estava se esforçando e blá-blá-blá. Chorou. Perdi a coragem :(

Uma coisa que descobri sobre mim é que eu sempre fujo de qualquer situação de embate.

Sou um fracasso.

http://estilhacosdeumcoracaopartido.blogspot.com

SURPRESA

domingo, 6 de maio de 2001

Gente, o Noivo realmente me surpreendeu!

E hoje não vou falar de drama.

Acho que vocês vão ficar surpresas também.

Ele é um cara mais do tipo papai-mamãe. Mas está se esforçando.

Ele me deu de presente uma lingerie beeeeeem sexy e pediu para eu vestir e fazer o que eu quisesse, como eu quisesse. Foi uma experiência gloriosa.

Há muito tempo eu não fazia um sexo tão quente. Ele me deixou amarrá-lo e vendá-lo e pareceu curtir. Se soltou mais e até falou algumas coisas bem sensuais. Eu me senti quase uma dominatrix e consegui gozar.

Ufa.

Beijos,

Drama Queen

Capítulo 32

A fila para subir no bondinho estava grande, cheia de gente bem-arrumada, bonita e interessante. Havia celebridades e subcelebridades também. E muitos, muitos fotógrafos. Clarissa pegou a máquina fotográfica na bolsa e pediu para Alê tirar algumas dela na fila.

— Ah, o noivinho de Petrópolis.

Clarissa se virou para a voz e viu Juliana, lindíssima, ainda mais alta com os sapatos de salto e a expressão desdenhosa de costume.

— Oi, Juliana. Esse aqui é o Alê.

O noivo estendeu a mão, mas Juliana a recusou, dando dois beijinhos nele e ignorando a colega.

— Acho que você vai amar essa festa. Não tenho dúvidas de que vai ser inesquecível. — Só depois de dizer isso foi que olhou para Clarissa. — Aqui, deixa eu tirar uma foto dos pombinhos para a posteridade.

Clarissa estranhou a boa vontade e a simpatia da colega, que dessa vez não tinha feito comentários maldosos. Alguma coisa na atitude da jornalista mais velha a incomodou, mas ela não soube dizer o quê. Então, simplesmente posou ao lado do noivo.

— Um pouco mais para a direita para pegar o bondinho — disse Juliana. — Agora quero uma de vocês se beijando.

Clarissa ficou se perguntando o que tinha dado na colega de trabalho. Ela devia estar muito feliz mesmo.

— Nossa, valeu, Juliana. — Clarissa pegou a máquina e guardou na bolsa de festa.

— Não precisa agradecer. Quero ver como vão ficar depois da revelação, hein?

Quando ficaram a sós, Alê abraçou a noiva.

— Você disse que ela era insuportável, mas até que foi bem legal com a gente.

— Ela não é assim. Acho que está feliz porque está concorrendo a um prêmio.

Ele olhou para onde Juliana estava.

— Será que vai demorar muito pro seu cabelo crescer?

Clarissa ficou com vontade de dar um tapa nele, mas se controlou.

— Acho que vai demorar bastante, até porque não tenho planos de deixar crescer tão cedo. Estou amando ficar de pescoço de fora.

— Mas você sabe que eu adoro cabelo comprido.

— Deixa o seu crescer, então. Vai ficar gato.

— Não precisa ser grossa.

Ela resolveu mudar de assunto.

— Pelo jeito vamos conseguir subir no próximo bondinho. Tô tão animada!

— Eu só vim ao Pão de Açúcar em uma excursão do colégio.

— Eu vim algumas vezes, inclusive no show do Lulu Santos quando estava solteira. Foi maravilhoso.

— Não gosto quando você fala dessa fase.

Foram interrompidos por Alan, que chegou acompanhado de um homem alto e bonito.

— Cla!!! Como você tá linda! Que bom que te encontrei aqui embaixo. Podemos subir com vocês?

— Claro! — Ela deu um abraço no amigo. — E você deve ser o Gil? Eu sou a Clarissa e esse é o Alê.

Os homens trocaram apertos de mão, e Clarissa aproveitou para dar uma olhada na bunda tão comentada de Gil. Ela parabenizou o amigo só mexendo os lábios: "Deus dos Glúteos". Alan riu. Alê fez cara feia.

Chegou a vez deles, e Clarissa foi abrindo caminho até ficar na ponta do bonde. Alê se posicionou atrás dela e a abraçou pela cintura. Ela suspirou e aproveitou o espetáculo da subida lenta, olhando para o céu estrelado, a lua, as luzes da cidade ficando para trás e o morro iluminado crescendo diante deles. Ter sucesso era aquilo. Nenhuma de suas reportagens estava concorrendo, mas ela estava ali. Fazendo o que amava. Trabalhando para encontrar seu lugar ao sol. Sentiu o noivo se abaixar e sussurrar em seu ouvido:

— Cara, vou tirar muita onda em Petrópolis. Vamos bater um monte de fotos.

Clarissa ficou decepcionada com as palavras. Aquela noite era dela. Não esperava uma declaração de amor, mas um elogio à realização do sonho dela. Se arrependeu de tê-lo trazido como acompanhante, porque, nos últimos tempos, tudo que ele fazia ou dizia a irritava ou decepcionava. Suspirou, se afastou um pouco com a desculpa de mostrar alguma coisa para Alan e tomou a decisão de terminar com ele. Estava farta de ficar empurrando o relacionamento com a barriga. Tinham momentos legais, românticos e até quentes. Mas, como ele mesmo havia dito quando lhe dera o pé na bunda, tinham se tornado mais amigos que qualquer outra coisa.

Só que ela não ia pensar nisso agora. Ia curtir a festa porque merecia estar ali. Era um espaço que ela tinha conquistado com o próprio trabalho.

Saíram do bondinho e, como sempre acontecia, Clarissa ficou impactada com a vista privilegiada do Rio de Janeiro. Pararam para tirar fotos da paisagem antes de seguir para o salão.

Entraram primeiro em um lounge amplo, decorado com balões dourados e brancos e estrelas brilhantes pendendo do teto, em um ambiente mágico. Alguns bartenders preparavam drinques, e havia dezenas de garçons servindo taças de champanhe.

Entraram no salão principal, que tinha uma iluminação mais escura, fachos de luz colorida e música ambiente. A hostess perguntou se eram funcionários da revista e os acompanhou até a área reservada. Clarissa olhou para as mesas organizadas em três níveis que ladeavam a pista de dança em um semicírculo, enquanto se sentava entre Alê e Alan. Viram Elizabete se aproximar.

— Que bom ver vocês! Estou muito emocionada com o aniversário da revista. Temos tanto o que comemorar! A história de vinte e cinco anos e a transição para o digital, que está sendo um sucesso.

Alan se levantou e abraçou a editora-chefe, e Clarissa fez o mesmo. Apresentaram os acompanhantes, e Elizabete seguiu para outra mesa.

— Você sabe como vai ser o evento? Que horas o show começa? — perguntou Alê.

Foi Alan quem respondeu:

— Pelo que me disseram, o DJ vai começar a tocar daqui a pouco. Depois de uma hora mais ou menos, vamos ter as premiações e o Skank vai encerrar a noite.

— Ai, parece que eu tô em um sonho! — Clarissa tentou apontar discretamente. — Olha, não é a Giovanna Antonelli ali?

Alê acompanhou o olhar da namorada.

— Ela é linda mesmo — disse ele. — Um cabelão maravilhoso.

Clarissa encarou Alan e revirou os olhos.

— Disseram que ela vai ser a capa do próximo número da revista. É ela que vai apresentar os prêmios.

— Pena que não tô concorrendo a nada — disse Clarissa, e Alan lhe lançou um olhar significativo.

Bem nessa hora, o DJ abriu os trabalhos com uma batida techno, e as luzes do teto começaram a piscar. Clarissa levantou, mas Alê a segurou pelo pulso.

— Não tô a fim de dançar.

— Então não dança — respondeu ela, puxando o braço e seguindo para a pista sem olhar para trás.

Ela se jogou na pista até a música acabar e as luzes se acenderem. Chegou suada e com sede à mesa e se deparou com um Alê emburrado.

— Pô, me largou sozinho aqui. Você sabe que techno é música de viado.

Clarissa deu graças aos céus por Alan e Gil não estarem na mesa.

— Que comentário desnecessário.

— Desnecessário foi você me largar aqui sozinho.

— Você podia ter ido pro lounge ou curtir aquela vista incrível, em vez de ficar aqui emburrado.

— Sozinho não tem graça. — Ele cruzou os braços como uma criança fazendo birra.

Clarissa pegou uma taça de champanhe e tomou um gole.

— Pelo amor de Deus, Alê. Hoje é a festa da revista que eu amo. Você não vai estragar a noite com picuinhas idiotas, né?

Ele tomou um gole de uísque e não disse mais nada. Alan e Gil chegaram, rindo, felizes.

— Acho que vai começar. A Elizabete já está no palco.

Todos aplaudiram quando a editora-chefe da revista deu boa-noite.

— É um prazer e uma honra estar aqui, neste evento, para comemorar os vinte e cinco anos da *Eclética*, a revista da mulher moderna e independente. — Mais aplausos. — Esta noite, além de comemorarmos essa data tão especial, vamos premiar a equipe maravilhosa que dá vida e personalidade a cada nova edição. São várias categorias, e a grande novidade deste ano é que vamos comemorar também a nossa entrada no mundo digital com o portal do Grupo Castanheda, inaugurando uma nova fase da revista.

Mais gritos, aplausos e assovios.

— E agora, sem mais delongas, convido ao palco a estrela global Giovanna Antonelli para apresentar a premiação desta noite. Boa sorte a todos os indicados.

Seguiu-se uma salva de palmas demorada enquanto a atriz subia ao palco.

— Estou muito feliz de estar aqui como apresentadora de um evento da revista que sempre me acompanhou. Comecei como leitora da *Eclética Jovem* e passei a assinar a *Eclética* depois de adulta. Sei que estão todos ansiosos, mas vamos começar contando um pouco a história da revista.

Apareceu no telão a edição de número 1, de maio de 1976, com Lucélia Santos na capa. Em seguida, para cada ano, aparecia a capa dos doze números, e Giovanna falava sobre as principais reportagens e a escolha da capa, mostrando a evolução da revista ao longo de seus vinte e cinco anos. Por fim, apareceu a capa que ilustraria a edição de junho de 2001, com a própria Giovanna Antonelli em um fundo amarelo e o sorrisão que é sua marca registrada. Mais palmas.

Finalmente chegou o momento da premiação, e os jornalistas e fotógrafos prendiam a respiração a cada categoria. Juliana foi premiada, merecidamente, pela reportagem sobre empresárias de sucesso. E Alan recebeu o prêmio pela matéria que fizera sobre Santorini, na Grécia. Clarissa quase explodiu de alegria ao ver o amigo no palco fazendo um discurso emocionado.

— Para finalizar, vamos comemorar a entrada da *Eclética* no mundo digital — disse Giovanna — com o prêmio de melhor blog da revista. Os indicados são: Eclética Recomenda, com suas resenhas detalhadas e informativas de filmes, livros, séries e shows; Transformação Eclética, que traz a transformação de estilo de leitoras escolhidas, dando uma aula de moda para o dia a dia; e, por fim, Estilhaços de um Coração Partido, um diário escrito por uma autora anônima que se autodenomina Drama Queen. Esse blog fala sobre o sofrimento de levar um pé na bunda, o mergulho no sexo casual e, atualmente, o drama de estar noiva de um cara sendo apaixonada por outro.

Clarissa foi tomada por um senso de orgulho e emoção enquanto esperava o nome do vencedor ser anunciado, torcendo silenciosamente pelo seu.

— Sério que tem alguém que escreve sobre isso? — cochichou Alê, enquanto ela pegava a mão de Alan por baixo da mesa e apertava com força.

— E o prêmio vai para… Estilhaços de um Coração Partido.

Ela se controlou para não gritar e aplaudiu junto com os outros. Viu quando Elizabete levantou para receber o prêmio em nome da Drama Queen, mas se surpreendeu ao perceber que Juliana se pôs de pé também e se encaminhou rapidamente para o palco, ultrapassando a editora-chefe e chegando antes ao microfone.

O que ela ia fazer? Será que ia tomar o lugar da Drama Queen?

Alan e Clarissa trocaram um olhar alarmado. O que estava acontecendo?

— Gente, já ganhei o meu prêmio hoje e não acho justo que uma colega que sonha tanto em ser premiada se esconda atrás do anonimato. Antes de chamar o nome dela, me permitam ler um trecho da publicação mais comentada de todo o Portal Castanheda — discursou Juliana.

Clarissa empalideceu e tentou se levantar para fugir, mas Alan a segurou firme no lugar.

— "Eu esperava mais dessa volta. Achei que o sexo fosse ser apoteótico, mas foi… o de sempre. Sem tirar nem pôr. Quando estava começando a ficar bom, acabou. Acho que fazer amor e transar são mesmo coisas bem diferentes. Ou será que o problema é ele? Porque eu já sei que não tenho problema nenhum nesse quesito. O PA era perfeito na arte de me fazer gozar. E alguns dos carinhas que vieram depois também mandaram muito bem."

Risos e aplausos.

Clarissa começou a tremer.

— Nossa, que lixo — comentou Alê.

Elizabete estava ao lado de Juliana e aproveitou as palmas para falar alguma coisa no ouvido dela. Juliana se limitou a fazer que não com a cabeça e apontou para a mesa de Clarissa. O holofote seguiu o movimento. Clarissa se sentiu exposta e começou a suar frio.

— Então, uma salva de palmas para Clarissa Brandão, mais conhecida como Drama Queen!

Todo mundo olhou para ela, que parecia estar congelada. Alê se levantou, pronto para dizer que estavam enganados, mas bastou olhar para a noiva para ver a verdade em seu rosto.

— Você escreveu aquela porcaria? — perguntou.

Clarissa baixou o olhar.

Alê tirou a aliança do dedo e a jogou nela.

Todos os presentes arfaram.

— Não acredito que eu ia casar com uma piranha. — Ele se virou e saiu quase correndo do salão.

— Hum, acho que o noivinho não sabia que era assunto do blog — comentou Juliana no microfone, com ar de riso.

Clarissa ainda estava pregada na cadeira, sem saber se ia atrás de Alê, se tentava se enfiar embaixo da mesa ou se desmaiava.

Alan se aproximou do ouvido dela.

— Você pode abraçar o sucesso merecido ou continuar se escondendo do mundo e vivendo uma vida pela metade. A escolha é sua.

— Você não vem, Clarissa? Está com medo? Ou vai negar que é a Drama Queen?

Clarissa ergueu a cabeça, levantou e foi até o palco.

Elizabete estava passada, olhando de Juliana para Clarissa, sem acreditar que aquilo estivesse acontecendo.

— Uma reviravolta digna de novela das oito — comentou Giovanna, tentando amenizar um pouco o clima.

Todos aplaudiram e assoviaram enquanto Clarissa subia no palco e era recebida por Juliana e Elizabete. Giovanna lhe entregou o prêmio com um sorriso e disse, fora do microfone:

— Calma, respira e vai com tudo.

Clarissa ficou comovida com as palavras gentis de uma atriz que nunca a tinha visto na vida.

— Veja pelo lado bom: você conseguiu se livrar do Noivo — continuou Giovanna, com uma piscadinha.

Clarissa ficou espantada ao perceber que a famosa atriz lia seu blog.

Elizabete colocou a mão nas costas de Juliana e deu um empurrãozinho para a jornalista acompanhá-la.

Clarissa pegou o microfone e olhou para aquele monte de gente, sem saber direito como começar.

— Bom, isso foi totalmente inesperado e eu não sei bem o que dizer. — A voz trêmula foi recebida com alguns cochichos. — Acho que vou iniciar agradecendo pelo reconhecimento ao Estilhaços de um Coração Partido e admitindo que eu sou, de fato, a Drama Queen. O blog surgiu como uma válvula de escape para todo o sofrimento que enfrentei depois de perder o homem que acreditava ser o amor da minha vida, com quem eu estava fazia cinco anos. Aquele homem que jogou a aliança na minha cara agora há pouco. — Clarissa levantou a mão direita e tirou a dela. — Desde o pé na bunda, eu sofri muito, vivi muito e fui muito acolhida por mulheres de todo o Brasil, que começaram não só a ler o blog, mas também a me dar conselhos, broncas e a dividir comigo as experiências e as histórias delas. Foram elas que me ajudaram a superar o sofrimento e a voltar a sonhar. Eu não pretendia revelar a minha identidade, porque só consegui ser eu mesma ao me sentir protegida pelo anonimato. Mas agora a escolha foi tirada das minhas mãos. Apesar do medo que estou sentindo em relação ao que vai acontecer na minha vida e no relacionamento com a minha família, estou muito feliz de aceitar este prêmio e, junto com ele, o meu papel como blogueira. Muito obrigada a todas as minhas leitoras. Vocês me ajudaram a sair inteira disso tudo. Este prêmio é nosso.

Sob muitos aplausos, Clarissa desceu do palco, sentindo o corpo todo tremer. Nunca imaginara passar por aquela situação.

Alan estava esperando por ela e a abraçou.

— Você foi demais, amiga!

No palco, Giovanna Antonelli estava agradecendo e se despedindo e, por fim, anunciou:

— Agora, com vocês, Skank!

A banda começou a tocar, e a voz de Samuel Rosa logo ecoou pelo salão:

Aqui nesse mundinho fechado ela é incrível
Com seu vestidinho preto indefectível
Eu detesto o jeito dela, mas pensando bem
Ela fecha com meus sonhos como ninguém, uh...

Ainda abraçado à amiga, Alan cochichou:

— Você quer ir embora ou prefere ficar e curtir a festa?

Clarissa abriu um sorriso.

— Curtir a festa! Depois eu vejo a merda que deu na minha vida.

Ele riu e os dois começaram a dançar e a cantar, como se não houvesse amanhã.

http://estilhacosdeumcoracaopartido.blogspot.com

MUITO PRAZER

domingo, 20 de maio de 2001

Ontem, a minha identidade foi revelada na festa de vinte e cinco anos da revista *Eclética*. Com direito a muito drama, como merece esta Drama Queen.

Foi bem na hora em que anunciaram Estilhaços de um Coração Partido como o melhor blog da revista. Eu dediquei o prêmio a cada uma de vocês que leem os meus desabafos, me consolam, me aconselham, me acolhem e me dão umas sacudidas de vez em quando. Muito obrigada.

Então, chegou a hora de vocês me conhecerem.

Meu nome é Clarissa Brandão, tenho vinte e três anos, sou jornalista da editoria de lazer e cultura da revista *Eclética* (por enquanto; não sei o que vai acontecer comigo a partir de amanhã) e autora deste blog.

Espero que, agora que conhecem o nome e o rosto por trás dos textos, continuem acompanhando a minha jornada.

Beijos,

Clarissa

Capítulo 33

Dirigir sempre tinha sido uma terapia para Clarissa, principalmente na estrada. Ela estava quase chegando à casa dos pais para enfrentar o pelotão de fuzilamento.

Tinha acordado com uma ligação do irmão dizendo que Alê estava lá, exigindo ser indenizado pelo carro destruído e ameaçando processar Clarissa por calúnia e difamação. O pai tinha se irritado em um primeiro momento e chamado o noivo da filha para a porrada, mas, quando Alê o convenceu a entrar na internet, Luiz ficou lívido e se trancou no quarto. Maria Helena só fazia chorar e não parava de se perguntar onde tinha errado. Dafne, por sua vez, parecia sã e defendeu a irmã, acusando Alê de ser o culpado daquela confusão toda.

Clarissa ficou nervosa ao ouvir aquilo, vestiu a primeira roupa que viu pela frente e pegou a estrada. Falou com Mel no caminho, que estava indignada por não ter presenciado "o babado todo", como ela mesma disse. A amiga já estava conferindo as questões do contrato e ia estudar a acusação de calúnia e difamação que Alê estava alegando. As duas iam se encontrar no decorrer da semana para discutir as várias questões que estavam surgindo.

Agora ela estava diante do portão dos pais, com o coração na mão, sabendo que teria que enfrentar a decepção de todos. Mas não tinha jeito. Era adulta e precisava lidar com as consequências dos erros que cometera. Lembrou das palavras de Alan: *Você pode abraçar o sucesso merecido ou continuar se escondendo do mundo e vivendo uma vida pela metade.* Com certeza não queria viver uma vida pela metade. Suspirou e acionou o controle remoto do portão, sabendo que iria viver os momentos mais difíceis da sua vida.

Alê estava sentado na varanda, sozinho, e levantou assim que ela saiu do carro.

— Sua filha da puta, traidora e louca!

Ele caminhou em direção a ela com ódio no olhar e parecia prestes a bater na ex-noiva. Zeus rapidamente se colocou entre os dois, com os dentes arreganhados, rosnando baixo e mantendo os olhos fixos em Alê, que teve o bom senso de parar de se mover para não ser atacado.

— Alê, eu posso explicar tudo e vou pagar pelo prejuízo que você teve.

— Pois eu quero você na cadeia, sua piranha! — A raiva dele era óbvia. — Passei a noite lendo aquela porra de blog, e você escreveu que eu sou brocha, tenho ejaculação precoce, não sei satisfazer uma mulher, ronco e sou frio depois da transa.

— Eu escrevi muito mais do que isso. Escrevi que você partiu o meu coração, me traiu e me humilhou na frente de todos os nossos amigos. Escrevi que eu te amava e você não valorizou o meu amor. Escrevi o tanto que eu sofri por acreditar que tinha perdido o amor da minha vida, o pai dos meus filhos…

— Não tenta inverter o jogo e colocar a culpa em mim!

— Mas a culpa é toda sua! O blog só existe porque você me deu um pé na bunda.

Alê deu mais um passo e Zeus arreganhou mais os dentes. Clarissa tentou acalmar o cachorro.

— Sua vagabunda.

— Você não tem o direito de apontar o dedo pra mim. Foi você, com o seu egoísmo, com a sua vontade de "viver a sua vida" — Clarissa fez aspas no ar — que deu início a isso tudo. Você começou a namorar outra antes mesmo de terminar comigo!

— Você é uma louca descontrolada e uma piranha que saiu dando pra todo mundo.

— Eu estava solteira! Eu não traí ninguém. Já você…

— E eu pensando em casar com você. Em deixar a minha carreira aqui em Petrópolis pra ir morar com você no Rio.

— Que carreira? Você odeia trabalhar no escritório do seu padrasto, só não tem culhão pra sair.

— Clarissa Brandão! Isso são modos de falar?

Ela ergueu o olhar e viu a mãe, com os olhos vermelhos e o rosto pálido, na varanda ao lado de Tita, que a abraçava pelos ombros.

— Calma, dona Maria Helena.

— É assim que a sua filhinha fala — disse Alê, olhando para Maria Helena. — Ela não passa de uma vagabunda, de uma piranha desclassificada…

— Já chega! — trovejou Luiz, saindo de casa igual a uma bala, seguido de perto por Gui. — Não vou admitir que você ofenda a minha filha dessa maneira.

— Mas eu não tô mentindo. Você mesmo leu o que ela escreveu. Ela é uma piran…

Clarissa gritou quando o punho do pai acertou o queixo de Alê, que não estava esperando e caiu. Zeus saltou na frente de Luiz, pronto para defendê-lo se o outro o atacasse. Clarissa enfiou a mão na coleira do cachorro, levou-o para dentro de casa e fechou a porta. Ele não parava de latir enquanto ela saía e ficava ao lado da mãe e de Tita.

Em pé no gramado, Luiz rosnou:

— Meu advogado vai entrar em contato com você para apresentar um acordo em relação a tudo isso. Nesse meio-tempo, é melhor você nem pensar em chegar perto da minha filha ou falar dela para qualquer pessoa.

— Mas ela…

— Eu li tudo que ela escreveu e vou lidar com isso à minha maneira. Agora é melhor você sumir da minha frente e nunca mais aparecer. —

O tom de Luiz era de raiva contida. — E sugiro que atravesse a rua se nos esbarrarmos.

— Ela faz as merdas e eu…

— É melhor você calar a porra dessa boca. — Luiz deu um passo em direção a Alê e Gui o segurou.

— Calma, pai. Não piora mais as coisas.

— Eu estou calmo! — berrou Luiz para o filho, puxando o braço e voltando a olhar para Alê. — Agora, ouça bem o que vou dizer. Se você sair por aí falando mal de qualquer pessoa da minha família, eu tiro a contabilidade da Brand do escritório do seu padrasto. E vou usar toda a influência que tenho com os meus amigos para eles tirarem também. Então, sugiro que pense muito bem antes de fazer qualquer coisa. Como eu já disse, meu advogado vai entrar em contato com você. Agora some daqui.

Alê não disse mais nada, lançou um último olhar de raiva e nojo para Clarissa, entrou no carro e foi embora.

Luiz se virou para a filha.

— Você tem muito o que explicar.

Clarissa engoliu em seco e seguiu o pai. Todos se sentaram em volta da mesa de jantar e começaram a fazer perguntas ao mesmo tempo. Luiz bateu na mesa e pediu silêncio.

— Pode começar.

Clarissa sabia que aquela conversa não seria fácil, mas percebeu que o pior já tinha passado. Tinha gostado de ver o pai a defendendo. Além disso, depois de tudo que havia acontecido, ela sabia o que queria. Não aceitar seria escolha deles, e ela respeitaria, por mais que doesse. A dela tinha sido feita quando subira ao palco para receber o prêmio.

Ela começou contando que havia criado o blog num impulso, quando viera para a casa dos pais e sentira que ninguém compreendia o que ela estava passando; todos a achavam dramática demais. Foi quando os conselhos das leitoras começaram a chegar. Eram poucos no início, mas o suficiente para Clarissa se sentir melhor.

— Eu só queria que aquela dor que rasgava o meu peito fosse embora.

— E para isso você precisou bater no carro do Alê? — perguntou o pai.

— De tudo que eu fiz nesses seis meses, só tenho vergonha disso, de ter batido no carro dele. — Clarissa enxugou uma lágrima que escorreu pelo rosto. — Foi um momento de loucura, eu não estava pensando direito. Nesse dia eu cortei o meu cabelo todo.

— A gente já sabe que você foi cortar o cabelo na Cidinha, filha — disse a mãe. — Não é esse o ponto.

— Não, mãe. Eu peguei a tesoura e picotei o meu cabelo. Queria destruir tudo que ele amava. Cortei o meu cabelo porque era o que ele dizia que mais gostava em mim. Eu queria gritar com ele, bater nele. Por isso peguei o carro do Gui. E quando vi o carro do Alê parado ali, na vaga de sempre, me deu um troço…

— Minha filha! — Sentada ao seu lado, Maria Helena lhe deu um abraço. — Por que você não falou comigo?

— Eu falei, mas você não ouviu. Você disse que eu tinha que me controlar, que eu estava tentando roubar a cena da Dafne e que eu não podia estressar ainda mais a noiva.

A mãe começou a chorar.

— A culpa é minha! Minha filha virou uma piranha por minha causa.

— A Clarissa não virou uma piranha — disse Gui. — Ela só foi viver a vida de um jeito mais livre.

— Eu só queria que a dor passasse, e, por incrível que pareça, ela só passou quando eu e o PA… transamos.

O mundo não acabou. Não aconteceu nenhum cataclismo porque ela falou de sexo com os pais. Luiz meneou a cabeça e perguntou:

— Mas por que logo o Paulo André, minha filha?

— O que o tio Paulo André tem a ver com isso? — rebateu Clarissa.

— PA — explicou Gui com um sorriso debochado, como quem diz: “Quero ver você sair dessa”.

Clarissa olhou para o irmão, depois para o pai. Caiu na risada e não conseguiu mais parar. Foi um ataque de riso desses que fazem as bochechas e a barriga doerem e as lágrimas escorrerem pelo rosto. A confusão nem era tão engraçada assim, mas pareceu romper a barragem de sentimentos que existia dentro dela. E Clarissa deixou a tensão, o medo, o sofrimento, tudo aquilo sair de dentro dela através daquele riso histérico e descontrolado, que a impedia de dizer qualquer coisa.

Todos ficaram olhando, como se ela tivesse enlouquecido de vez.

— O que deu nessa menina, Maria Helena? — perguntou Luiz. — Se envolve com um cara da minha idade e agora fica rindo da minha cara?

Clarissa riu ainda mais enquanto tentava falar:

— O tio Paulo... não...

Como Gui estava curtindo o espetáculo, Dafne resolveu salvar a irmã. Ela se empertigou na cadeira e esclareceu, em tom solene:

— PA não é Paulo André, pai. É pau amigo.

Luiz ficou olhando para a filha mais velha como se ela estivesse falando grego. Dafne repetiu, fazendo um gesto abstrato para indicar a região pélvica:

— *Pau* amigo.

Clarissa riu ainda mais enquanto olhava para todos na mesa: Dafne claramente constrangida, Gui com ar de deboche, Maria Helena lívida, e Luiz com cara de quem não estava entendendo nada.

— Gui, por que você não explica pro papai, já que a Clarissa não está em condições? — sugeriu Dafne.

O pai olhou para o filho, esperando uma explicação.

— Pau amigo é o mesmo que amizade colorida. A mulher tem um amigo que ela chama pra transar quando está com vontade.

Luiz piscou algumas vezes e resmungou:

— Não sei o que é pior, o Paulo André ou o PA.

— Pra você ver que nada é tão ruim que não possa piorar. — Clarissa enxugou as lágrimas de riso.

— O que eu quero mesmo saber é quem é esse PA que roubou o seu coração — disse Dafne. — Acho que você devia correr atrás da sua felicidade.

— O PA não se envolve. Foi por isso que funcionou bem.

— O importante agora é apagar esse blog, minha filha — disse Luiz, voltando ao assunto. — E acho que seria uma boa você passar uma temporada viajando, até a poeira baixar. É questão de tempo para a cidade inteira descobrir que você…

— … deu mais que chuchu na serra — completou Gui, colocando lenha na fogueira.

— Guilherme Luiz Brandão! Isso é jeito de falar da sua irmã?

— Foi ela que escreveu isso, mãe — retrucou o filho, encolhendo o ombro.

Clarissa resolveu interromper a conversa explicando que apagar o blog não era possível, não só por questões contratuais, mas também porque ela pretendia continuar escrevendo. O pai ficou vermelho ao ouvir isso. A veia no pescoço dele quase saltou para fora quando gritou:

— Você assinou um contrato sem dar para o papai ler?! Você é louca! Aquela revista de merda está te passando a perna…

Clarissa manteve o tom de voz baixo e revelou que tinha uma advogada. Informou quanto tinha ganhado para levar o blog para a revista e deu uma ideia de sua renda mensal com o que recebia dos patrocinadores. A família arregalou os olhos. Ela explicou ainda que a internet parecia ser o futuro do jornalismo e que tinha muito orgulho de o blog dela ter um público tão grande e fiel.

— Tudo isso que aconteceu me mostrou que tenho que ser eu mesma e correr atrás de realizar os meus sonhos, em vez de tentar realizar os de vocês — disse Clarissa. — O meu sonho não é casar e ter filhos. O meu sonho não é voltar pra Petrópolis. Esses são os sonhos de vocês.

— E quais são os seus sonhos? — perguntou Maria Helena, em um fio de voz.

— No momento eu nem sei. Antes eu diria que era ir pra editoria de turismo. Mas agora, com tudo que aconteceu, eu aprendi que as coisas mudam e que a gente tem que estar atento às mudanças. Não percebi que o Alê tinha deixado de ser o meu sonho, não aproveitei o sucesso do blog, porque o meu sonho era ser uma jornalista reconhecida e não uma blogueira. Então, neste momento, o meu sonho é conseguir viver sem medo de ser eu mesma. E ser aceita por vocês e por todo mundo do jeito que eu sou.

Luiz e Maria Helena estavam abatidos. Clarissa nunca tinha visto o pai não fazer uma piada em uma conversa. Naquele momento ela soube que eles teriam uma longa jornada pela frente, que as coisas não se resolveriam em um passe de mágica e que sua vida nunca mais voltaria a ser uma bolha cor-de-rosa em forma de coração. Também percebeu que, de algum jeito, tudo daria certo no fim.

http://estilhacosdeumcoracaopartido.blogspot.com

CONVITE

sábado, 26 de maio de 2001

Oi, gente!

Tão estranho escrever aqui como Clarissa e não como Drama Queen.

Mas quero assegurar que vou continuar sendo sincera e honesta em todos os meus relatos.

Estou solteira de novo, dessa vez sem estilhaços rasgando a minha alma. Na verdade estou leve, querendo curtir a solteirice de um jeito diferente. Como vocês sabem, eu me atirei nas aventuras sexuais como um meio de abafar a dor que eu sentia. Mas agora estou plena e feliz com os rumos que a minha vida está tomando.

Vou continuar compartilhando minhas aventuras, sonhos, desafios, desejos e reflexões aqui, mas decidi oferecer a vocês o mesmo anonimato que tive nos últimos seis meses e que tanto me ajudou a chegar inteira ao fim dessa jornada.

Por isso, quem quiser desabafar, contar sua história ou sua aventura ou pedir algum conselho, de forma anônima ou não, mande um e-mail para estilhacos@revistaecletica.com.br.

Vamos manter essa corrente do bem que se formou aqui em torno do meu sofrimento para ajudar outras mulheres a superarem a dor de um coração partido.

Doida para conhecer a história de vocês.

Beijo grande,

Clarissa Brandão (também conhecida como Drama Queen)

Epílogo

Julho de 2002

Petrópolis estava coberta por um véu de neblina fria, e Clarissa se sentia tensa na sala da gerente da livraria, andando de um lado para o outro. Ela achava que ninguém sairia naquele início de noite fria de sábado para prestigiar o lançamento do seu livro, *Estilhaços de um coração partido*. A sessão de autógrafos no Rio tinha sido um sucesso, principalmente porque Elizabete e Luciana, a editora do livro, conseguiram que Clarissa fosse entrevistada no *Programa do Jô*.

Ver a si mesma na televisão tinha sido uma experiência que ela só conseguia descrever como surreal. A única pergunta que se recusara a responder foi quem era o PA, dizendo que não achava legal o expor daquela forma, principalmente porque não mantinham contato. Jô aproveitou a deixa para perguntar se ela não estava guardando esse segredo só para não fazer propaganda e chover na horta do PA. Ela riu e disse: "Talvez..."

Olhou no relógio; estava na hora. Não esperou ninguém vir chamá-la e se encaminhou para a mesa grande que tinham providenciado, com pilhas de livros organizadas artisticamente em cada um dos lados. Foi tomada por uma emoção forte ao ver a fila que já tinha se formado, seus pais e irmãos socializando e batendo papo com amigos e conhecidos.

O tempo passou em um borrão de dedicatórias, conversas rápidas, sorrisos e poses para fotos. Quando deu o último autógrafo e posou para a última foto, Clarissa estava exausta e com a mão doendo de tanto escrever, mas feliz por ter tido uma acolhida tão maravilhosa em sua cidade. Queria ir para a casa dos pais descansar, mas ainda daria uma entrevista para a *Tribuna de Petrópolis*. Voltou para a sala da gerência e respondeu a todas as perguntas com paciência e sinceridade, sem revelar, obviamente, a identidade do PA e dos outros carinhas com quem tinha ficado. O papo se estendeu bastante e, quando enfim acabou, Clarissa se despediu da equipe do jornal e da gerente e saiu.

A livraria já estava com as portas abaixadas. Clarissa se aproximou da pilha de livros na mesa em que tinha dado os autógrafos, pegou um exemplar, abriu e cheirou. Sempre amara o cheiro de livros, mas o dela parecia, de alguma forma, ainda mais gostoso. Deu um sorriso ao pensar nisso. Ainda não acreditava em como a vida tinha mudado em um ano. Era blogueira, escritora e "famosinha", pelo menos por enquanto.

— Será que ainda dá tempo de pegar um autógrafo? — perguntou uma voz que fez o coração de Clarissa parar por um segundo, para bater freneticamente no seguinte.

Ela se virou devagar e viu os olhos castanhos que tanto amava. Sem querer, sentiu uma pontinha de esperança. Se sentou e começou a procurar a caneta na bolsa, para ganhar tempo e tentar parar de tremer. Daquele jeito seria impossível escrever uma dedicatória decente.

Ele se aproximou e colocou o livro sobre a mesa. Clarissa abriu na folha de rosto, pousou a caneta no papel e resolveu apostar todas as fichas naquela dedicatória:

Para o meu PA, que me mostrou que voltar a amar é sempre possível.

Beijos,
Clarissa Brandão

Assim que terminou de escrever, ela virou o livro ainda aberto para ele ler. Enrico deu aquele sorriso de lado que fazia seu coração derreter, contornou a mesa, ofereceu a mão para Clarissa levantar e a puxou para o melhor beijo da vida dela.

Agradecimentos

Na minha longa carreira editorial, já traduzi mais de uma centena de agradecimentos. Embora os textos dessa seção sejam muito pessoais, todos eles têm uma coisa em comum: os autores sempre dizem que um livro não se escreve sozinho. E é a mais absoluta verdade, principalmente para uma escritora que tem um processo criativo de interlocução. Então, a lista de interlocutores que tive para este livro bem é grande.

Quando coloquei o ponto-final em *A história por trás de cada beijo*, tudo que eu mais queria era uma agente literária, e comecei uma busca ativa para isso, falando com amigos e colegas de trabalho. Mas o destino tem um jeito próprio de resolver as coisas, e foi a agente que me encontrou. Toda a minha gratidão a você, Mia Roman, por seguir ao meu lado, me orientando e me estimulando nesse caminho desafiador da escrita e da publicação. Um agradecimento especial a Fernanda Dias e Tassi Reis, por terem promovido esse feliz encontro.

O Grupo Editorial Record faz parte da minha vida há muito tempo: primeiro como leitora, depois tradutora e agora escritora. Minha imensa gratidão a Rafaella Machado, por ter sido tão acolhedora desde o primeiro dia em que nos conhecemos no Rio2C e por acreditar em *A história por trás de cada beijo*. Agradeço também a toda a equipe do selo Verus, que cuidou de cada uma das etapas deste livro com profissionalismo e carinho. Ana Paula Gomes, você foi uma editora bárbara, com sua leitura cuidadosa e crítica para melhorar ainda mais a história da Clarissa. Lígia Alves, seu trabalho como copidesque foi primordial para este livro, obrigada pelas sugestões e correções. E, por fim, Anna Beatriz Seilhe, por uma revisão tipográfica maravilhosa. Agradeço também a Rô Tavares, Leo Alves, Beatriz Brasil, Lucas Reis, Cristiane Oliveira e toda a equipe de marketing e comercial, que me receberam calorosamente desde o Vem Aí... de dezembro de 2024 e em cada evento e reunião posterior; obrigada por terem feito com que eu me sentisse parte da família desde o primeiro dia. Um agradecimento especial a Taíssa Maia, que criou esta capa incrível, com a mesa de trabalho perfeita para Clarissa, e a Marco Aurélio, por cuidar da impressão do livro (que lindo nosso caminho voltar a se cruzar).

Sou muito grata à minha querida amiga de todas as horas e para todas as coisas, Liciane Corrêa. A parceria para a criação do Festival de Escrita Criativa e o esforço conjunto para conseguirmos o patrocínio da Lei Aldir Blanc foram o que possibilitou a minha reconexão com o meu lado escritora, que vinha sendo suprido apenas pela tradução. Muito obrigada, Lici, não só por ter reaberto essa porta, mas pelos conselhos, a leitura e a troca constante. Te amo, amiga.

Agradeço também às professoras e mentoras de escrita criativa que passaram pelo meu caminho: Leticia Wierzchowski, por me inspirar a começar; Andressa Tabaczinski e Flávia Iriarte, por me estimularem a ir além; Beatriz D'Oliveira, pelo Retiro de Escrita mais incrível do mundo, os questionamentos, as trocas e o alerta de saber a hora de parar (sério, não fosse por isso, acho que eu estaria escrevendo esta história até hoje!). Um agradecimento aos escritores e escritoras que participaram comigo dessas mentorias, em especial a Leonardo Alves, meu querido amigo tradutor, que viajou para o retiro ao meu lado, na ida e na volta, me ouvindo falar sem parar.

Falando em tradução, não sei o que seria da minha vida sem as amigas que a profissão me deu: Regiane, Cláudia, Carol e Milena, obrigada pela dose diária de risos, papos, dicas, conselhos e as sacudidas que às vezes preciso levar para voltar à realidade.

Mais que um senso de realização, a escrita me trouxe também grandes amigas e parceiras. Meus agradecimentos às "adultetes", Mônica, Nina, Pamela, Renata e Sara. É maravilhoso poder me encontrar com vocês toda semana para falar dos nossos projetos de escrita. Obrigada a Gisele Fortes e Luciana de Gnone, por serem as melhores parceiras de lançamentos e eventos literários.

Toda a gratidão e o carinho a Clarissa Oliveira, que sempre esteve presente nos momentos mais importantes da minha vida. Além de emprestar o nome à protagonista, ela foi uma das primeiras leitoras da história, de quem recebi o feedback mais empolgado. Obrigada, Clarissa, pela amizade, o apoio e a torcida.

Para terminar, os agradecimentos mais ternos e íntimos àqueles que estão ao meu lado desde sempre, me inspirando, comemorando comigo as vitórias e me consolando nas derrotas: minha família querida, vocês são meu alicerce e minha força. Eu não teria conseguido escrever esta história não fosse a escuta ativa e carinhosa dos meus irmãos e sócios, Michele e Victor, e da minha mãe, Célia, que me apoiaram desde o primeiro instante e tiveram uma paciência sem limites com meus surtos criativos e infindáveis, dando sugestões, lendo as várias versões do livro e me aconselhando. Muito obrigada por tudo que fizeram e fazem por mim todos os dias. Amo vocês mais do que consigo expressar. Toda a gratidão ao meu pai, que durante toda a minha vida acreditou em mim e me estimulou a correr atrás dos meus sonhos. Pai, sem essa sua crença inabalável em mim, não sei se eu teria chegado até aqui.

Finalmente, meus agradecimentos aos grandes amores da minha vida: Leo, que conquistou meu coração há vinte e cinco anos e continua conquistando todos os dias; e Enzo, nosso filho querido, que se tornou meu companheiro de altos papos filosóficos. Amo muito vocês, ao infinito e além.

Impresso no Brasil pelo Sistema Cameron da Divisão Gráfica da
DISTRIBUIDORA RECORD DE SERVIÇOS DE IMPRENSA S.A.